岩波現代文庫／文芸 259

現代語訳 方丈記

佐藤春夫

岩波書店

目　次

方丈記地図
現代語訳　方丈記 …… 1
鴨　長明 …… 49
兼好と長明と …… 89
鴨長明と西行法師 …… 121
解　説 …… 久保田淳 …… 159
作品一覧 …… 169

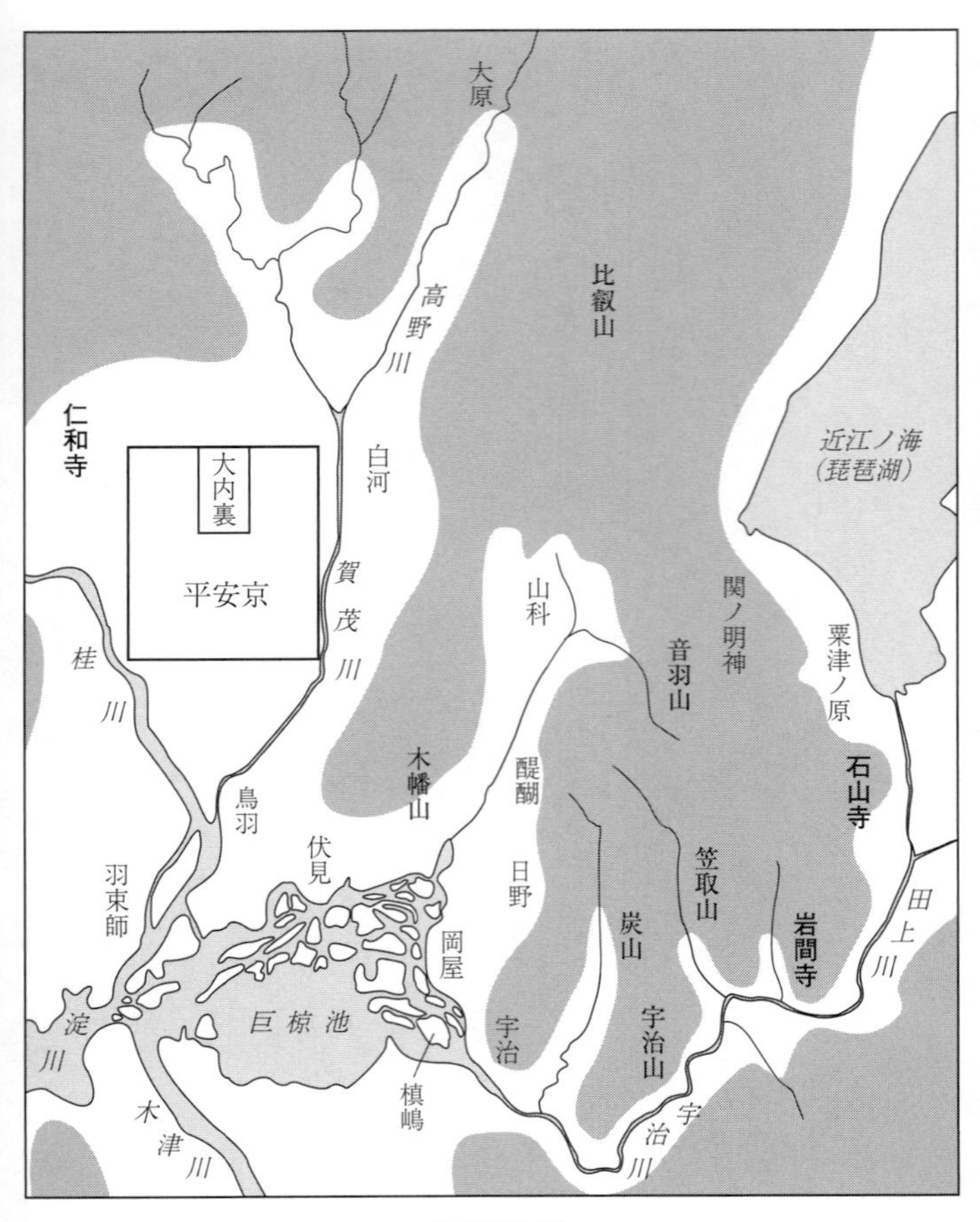
大原
比叡山
高野川
仁和寺
大内裏
平安京
白河
賀茂川
近江ノ海
(琵琶湖)
山科
関ノ明神
音羽山
粟津ノ原
桂川
木幡山
醍醐
石山寺
鳥羽
伏見
日野
笠取山
羽束師
岡屋
炭山
岩間寺
田上川
淀川
巨椋池
宇治
宇治山
槙嶋
木津川
宇治川

方丈記地図

現代語訳　方丈記

　河の流れは常に絶える事がなく、しかも流れ行く河の水は移り変って絶間がない。奔流に現われる飛沫は一瞬も止る事がなく、現れるや直に消えてしまって又新しく現れるのである。世の中の人々の運命や、人々の住家の移り変りの激しい事等は丁度河の流れにも譬えられ、又奔流に現われては消えさる飛沫の様に極めてはかないものである。壮麗を極めた花の都の中にぎっしりと立ち並んでいる家々は各々の美しく高い甍をお互に競争し合っている。これ等の色々な人々の住家は何時の時代にでもあるもので決して絶えるものではないのであるが、さてこういう貴賤様々な人々の住家の中に不変のものを見出すと云う事は出来るものではなく、昔の儘に現在までも続いていると云う住家は殆んどなく、極めて稀に昔の美しさのある物を発見するのが頗る難しいことなのである。この辺に美しい立派な住家があったのだがと見て見るともうその家は去年焼け失せて無くなっていたりする。又こんな所にこんな立派な住家は無かったのにと思って見ると前の貧しい家は焼け失せて現在はこれほどの立派な住家になっていたりするものである。この様に昔お金持であって立派な美しい住家に住んでいた人が今は見る陰もなく落ちぶれて昔の住家に比ぶれば掘立小屋同様の住家に住んでいたりする。こんな運命が人々の歩まねばならないものなのである。

　昔からの知り合いは居ないものかと見て見るとそうした人は中々に見付ける事が出来なくて、所も昔の儘の所であるのに、又そこに住んでいる人々も昔の様に多数の人々が住んでいるに拘らず、十人の中僅に二、三人しか見出す事が出来ない有様であって、真に人々の歩むべき運命の路のあまりにも変転極まりないのを見ると感動に堪えないものがある。

　人間のこういう運命、朝に生れては夕に死して行かなくてはならない果敢ない運命、変転極りない運命、こういう事を深く考えて見ると全く、結んでは直に消え、消えては又結ぶ水流の泡沫の如きものではないかと思ったりする。奔流に結び且つ消ゆる飛沫の運命、それが詮ずる所人々の歩むべき運命なのである。

　一体多くの人々がこの世に生れ出て来るのであるが、これらの人々は何処から来たものであろうか。そして又何処へ行ってしまうのであろうか。等と考えて見ると何処から来、何処へ行くかと云う問いに対して答え得るものは何処にも居るものではなく、何処から来て何処へ行くかは永遠に解くを得ない謎であって人々はこの謎の中に生れ、そうして死して行くのである。水に浮ぶ泡が結び且つ消える様に。

かく果敢なく、解くを得ない運命を歩まなくてはならない人々は又この世に於(おい)て何を楽しみ、何を苦しんで生きているのであろうか。

泡の如(ごと)くに消えなくてはならない儘かの人生の中でどんな仕事に面白味を見出し又どんな事で苦しんでいるのかと多くの人々の答を求めたとすれば各種各様に答が出て決して一つのものにはならず、結局何を苦しみ、何を楽しんでいるのか、また何を為(な)すべきか等と云う事も一つの永遠に解き得ない謎になってしまうのである。

長い年月の間に火事の為(ため)に、地震の為、或(ある)いは他の色んな変事の為に、立派な美しい家が無くなってしまったり、又お金持の家が貧しくなったり、貴(とうと)い地位にあった人が賤(いや)しい身分に落ちぶれたりする、こうした人々やその住家の移り変りの極りない事は恰(あたか)も朝顔の花に置く朝露と、その花との様なものである。花は露の住家である。露は朝顔の住人である。

露が先に地に落ちるか、花が先に萎(しぼ)んでしまうか、どちらにしても所詮は落ち、萎むべきものである。露が夕陽(ゆうひ)の頃まで残る事はなく、又朝顔とても同じ事、朝日が高く登れば萎むべき運命なのである。人々と人々の住家も所詮は朝顔に置く朝露と、朝顔の運命とを辿(たど)らねばならないものである。どちらが先に落ちぶれるか、それは解(わか)らないが所詮は落ちぶれるものなのである。

自分はこの世に生れて早くも四十年と云う長い年月を暮して来たのであるが、物心が付いてから色々と見聞して来た世間の事には全く不思議なものが数々あるのである。これらの多くの見聞したものを少し思い出して書いて見る事にし様。

昔の事ではっきりとは覚えていないのだが確か安元三年四月二十八日位であったと思うが、風の物すごく吹いている日で、遂(つい)には大嵐となった日の事である。

京都の東南部の某の家から折り悪しく火が出たのである。何しろ強風の吹き荒ぶ時であったからたまったものではない。忽ちの中に火は東北の方へと燃え拡がって行った。そして遂には朱雀門や大極殿、大学寮、民部省等の重要な建築を一夜の中に尽く灰塵としてしまった。

この大火の火元の某家と云うのは後の調査によると樋口富の小路にある住家で、病人の住んでいたものであった。燃え上った火炎は折からの突風に煽られ煽られて、それこそ扇を広げた様な型になって末ひろがりに広がって行った。火元から遠くにある家々は猛烈な煙の為に全く囲まれてしまって、人々は煙に咽び、呼吸すら全く自由には出来ない有様であった。炎上している家々の近くの道路は火炎が溢れ出て来る為に人々の通行を全く阻止してしまった。都の大空は炎々と燃え上る炎の為に夜は火の海の如く真紅で、どれだけ強い火がどれだけ多くの家々を燃やさんとしているかを物語っていた。又一方風は益々強くなるばかりで一向に静まりそうにもなく、その強風は時々火炎を遠い所へ吹き飛ばして又新しく火事を起して益々火事は広がって行くのであった。

嵐と火事の真只中に囲まれた京の人々は全く半狂乱でその為す所を知らずと云う有様、皆もう生きた心持もなく、唯々自然の成り行きにまかせて見ているより仕方がなかった。何をする等と云う頭はまるで働かず、茫然自失、全く手の下し様がなかった。吹き付けて来る煙に巻き込まれた人は呼吸を止められてパッタリと倒れ、人事不省になり、又吹き付ける火災にその身を巻き込まれた人々は直にその場で貴い一命を奪われてしまう事も頻多であった。こんな混乱と危険との間を幸にも辛うじてその生命を全うして無事に脱出し得た人々でも自分の住家から大切な家財道具を持ち出す事はまるで不可能で、大切な家財が皆火災の為に灰塵とされてしまうのを目の前に見ていた。それでいてどうする事も出来なかったのである。この様にして焼け失せてしまった諸々の家財、道具、或いは宝物、その中には定めし先祖伝来、父祖伝来のものもあったであろうに、それらのものの価はどれだけであったか考えて見る事も出来ない程に莫大なものであったろうと思われるのである。

公卿の屋敷がこの度の大火の為に十六と云う多数も焼け失せてしまった程であ

るから、まして身分の賤しい素町人達の屋敷の焼け失せた数は数える事も出来ない程に多くあった事と思われる。この大火は京の街の三分の一と云うものを僅かの間に灰にしてしまったのである。

数多くの人々がこの大火の為にその尊い生命までも落しているのである。これ等の中には青年少年で将来どれだけ偉大な仕事をやったであろうと思われる人々も尠くなかったであろうに、惜しい事をしたものである。人間でさえこんな事になったのであるから、まして畜生である馬や牛の焼死したものは数知れずあった訳である。人間は本来、色んな愚にも付かない事をするものであるが、とり分けこんな度の様に一朝にして総てを灰塵に帰すると云う様な危険性の多分にある都会の中にあって、一朝にして灰となる運命も知らぬげに、自分の住家に、大層なお金を掛けて、ああでもない、こうでもないと色々と苦心して、建てる事程間抜けな愚かしい事はないとしみじみと思い当った。こうして苦労して建てても一朝火炎に見舞われれば直に灰塵となってしまうのであるのに、全く建物にお金を掛けたり苦労する程馬鹿らしい事はない。

治承四年の四月の頃には又大きな旋風の起った事があった。京極のほとりに起って六条のあたりまで吹いたものであった。全く物すさまじい勢のもので、三、四丁も吹いて行く間に、ぶっつかる所の大きな家でも、小さなのでも、どんな家でも殆ど覆したり、破壊したり、破損したりしたものであった。それ程すさまじい勢に吹きつのった事であった。

旋風に巻き込まれてその儘地上の上にペシャンコに倒されてしまったものや、桁と柱だけが残って障子や、壁はすっかり吹き抜かれてしまったのもあった。そうかと思うと門を吹き飛ばして四、五丁も先に持って行ってしまったり、垣を吹きとばしてしまって隣家との境を取りのけてしまって庭続きにしたりして方々にとんだ悲喜劇を起させた。家々にある色んな家財道具の類も根こそぎにすっかり空に吹き上げてしまった。屋根を覆っている所の檜皮葺板の類は丁度冬の頃に木の葉が風に舞い上る様に乱れて空に吹き上げられた。

煙が都の空を全く覆ってしまったのではないかと思われる程に都の空には塵や埃が舞い上って天日為に暗きを感じた程であった。人々の話し声等は荒れ狂う強風の為に全く掻き消されてしまって聞える所の騒ぎではなかった。都の街々に聞えるものは唯風の吹き荒れるすさまじい音響のみであった。その風の荒れる様のすさまじさはまるで伝え聞く地獄の業の風が現実の世に吹くのかと思われる程のものであった。吹き倒された家、破損された家、それ等家々の無残な様子は全く目も当てられない程である。又住家等の破損した場所を修繕し様として外に出て仕事をしているとそこへ何か大きなものが吹き付けて来て哀れにも不具者となると云う様な人々も数多くあった。真（まこと）に気の毒な人々である。この旋風は又西南の方に向って動いて行って其処（そこ）に住んでいる人々に対しても前同様に色々な損害を与えて人々を悲しませた。春夏秋冬を通じて風が吹かない時は無いものであるが、何時もの風は風情のある心持の好い風であるのに今度の風はすさまじい風で、数多くの損害を人々に与えたのである。こんな風は何年かの間に一度とあるか無きかの風であって真に珍しい例外とも云うべきものである。今度の大惨事の事を深く考えて見るとこれはきっと天の神様が地上に住む人々に対して一つの警告として与えて下さったものだと考えざるを得ないのである。

治承四年六月頃の出来事であったのだが、俄かに都が他の場所に移った事があった。この事が非常に急に、不意打ちに行われたので都の住人は驚き且は狼狽したのであった。

大体京都に都が定められたのは嵯峨天皇の御時であって、もう既に四百余年も経っているのであるから、何か特別の事情の無い限りはそう易々と都を改める等と云う事はあるべからざる事なのである。だから人々はどんな特別の事情があるのかと心配して、その心配の余りに平和であった人心が乱されてしまったのも真に無理からぬ事ではあった。けれども人々の心配も何もあったものでなく、遂に天子様はもとより、大臣、公卿達も皆悉く新しい都である福原へ移転してしまった。世に重要な地位を占めて働いている人々はもう誰一人として古い都の京都に住んでいる人は居なくなってしまった。位人身を極める事を唯一の希望とも理想ともする人々や、天子様の御覚えの目出度い事を願っている人々は一日も早く古い都を捨て去って新しい都の福原へ移り住む事を一途に心がけた。けれども世に取り残されて位もなく何等の望も、理想もない人々はこの出来事に対して悲しみ、愁えながらも古き都を捨て得ずに淋しく残っていたのである。

高位高官の人々、富有な人々の居なくなった古き都の有様はあまりにも物淋しかった。軒並にその美しさを争っていた堂々たる住家は、日が経つにつれてだんだんと住む人もなく手入も行き届き兼ねて荒廃し果てた。又その住家の中には打ち壊されて福原へと筏(いかだ)に組まれて淀川に浮べ送られて行ったのも多い。毀(こわ)れた屋敷の跡は見ている間に畑になってしまった。真に昔の面影すら見る術(すべ)もない有様であった。こんな大きな変事は人心にも多大な影響変化を与えずには措かなかった。見る見る中に都会人としての優雅な気持はすっかり無くしてしまった。そんな気持が色んな所に現れたものであるが先(ま)ず昔の様に牛車等に公家達が乗ったのも、もうそんなものには乗らずに武家風に馬に乗ってその敏捷な所を好むと云う様な所に現れて来た。これを見ても昔の如く優雅なのんびりとした風はなくなってしまった。又その所領の望みでも今は平家に縁故の多い西南海の所領を人々は目ざしたけれども新都に遠く離れた東北の庄園は誰も望むものはなくなってしまった。この様に総てのものが変ってしまったのである。

私はふとした偶然の事から摂津の国の福原の新しい都の有様を見る機会を得たのでその状態を述べて見ると、先ずその広さと云うものは京都に比べると実に狭いもので、京都に習ってその市街を碁盤の目の様に区劃する事さえ出来ない有様なのである。北の方は山になっていて高く、南の方は海に面して低くなっている。そして海岸に近いので浪の音が絶えず騒々しく響いて来るのである。海から吹いてくる潮風が殊の外に強い所であまり恵まれた土地と云う事が出来ない有様である。さて最も重要な皇居は山の中に建てられてあった。ふとその建物を見て斉明天皇の朝倉の行宮（あんぐう）の木の丸殿（まろどの）もこんなのではなかったかと思えて考え様によっては存外に風情があって、風変りなだけに雅致のあるものであるかも知れないとも思われた。こう云う新しい皇居のお有様、新しい都の状態であった。

京都の方では毎日毎日引越に人々は忙しかった。多くの住居は毀されては筏に組まれて河を下って運ばれるので、さしもに広い淀河も如何（いか）にも狭い様に思われる程筏で一杯になってしまった。この様にして多くの家が福原へと運ばれているのであるが、福原の土地を考えて見るとこちらから送られた程には家が建っていないからまだまだ空(す)いている土地が多くあった。建ててある家の数は少ししかない。一体あれだけ、河幅が狭く見える位に送られた家は何処に建てられるつもりか又何処に建てているのか一向に見当も付きそうにはないのであった。

京都は益々、日々と荒れ果てて行く、そして新しい都福原が都として完備するにはまだまだ日数が必要なのである。こんな時勢の間に住む人々の心持の落ち着こう道理もない。まるで青空に浮び漂う雲の如くに風の間に間に動いて真に不安定そのもの、人々の心は暗かった。元から福原に住んでいた人々は新しくお天子様と一緒にやって来た官人達の為にその土地を奪われてしまって嘆き悲しんでいる。又新しくやって来たそれらの官人達は自分達の住家を建てなくてはならないので、その面倒な仕事の為に苦しんでいる。どのみち好もしい事どもではないのである、ふと往来を行き交う人々に目をやって見ると牛車に乗るべきである所の貴い身分のものがそんなものには乗らずに馬に乗ったり、衣冠布衣(いかんほい)を着ていなければならない筈(はず)の大宮人達は新興の勢力に媚びて武家の着る筈の直垂(ひたたれ)などを着て大宮人の優美な風俗を無くしてしまい、そうして遂には都らしい優美に、雅致のある風俗は見る見る中に無くなって唯もう田舎めいた荒々しい武士と少しも変る所のない真に情けない有様となった。

ほのかに聞き伝える所によると昔の聖天子様の御代には御政治の中心点は一般庶民を憐れむと云う所にあった様である。民草達が貧乏の為に苦しんでいる時とか、何かの変事の為に苦しんでいる時などは尊貴の御身であらせられながら御自身のお住いの皇居の事などは少しもお構いなさらずに、軒の端に不揃いな茅(かや)の端が出ていてもそれさえお切りにならせられずに、その上に民草が食べるお米のない時には年貢さえも免除された程なのである。こうした御事は世を平和にお治めなされたいという忝い(かたじけない)大御心から出るのであって有り難いものなのである。所が現在の有様はどうであろうか、やれ都の移転だとか何だかと云っては人心を平和に治める所か不安のどん底に落し入れている有様ではないか、もっともこれは清盛が無道の極端な専横の現れなのであるが、何にせよ昔の聖天子様の御代の事を考え合せて見ると実に隔世の感に堪えぬ有様は、真に嘆かわしい事である。

養和の頃の出来事であったと覚えているが何分(なにぶん)にも古い事ではっきりした時は

云われないのだが、その頃の二年の間と云うもの実にひどい飢饉のあった事があった。実に惨憺たる状態（ありさま）を呈した事があった。春から夏にかけての長い間に一滴の雨すら降らず、毎日毎日の日照り続きで田畑（でんぱた）の作物は皆枯死してしまう有様であった。それかと思うと秋になると大風があったり、大雨が降って大洪水になったりして全く目も当てられない様子で穀物等の収穫はまるで無く、唯徒（いたず）らに田を耕し畑に種を蒔いたのみでその甲斐はなく、秋の忙しい苅入れ時には何もする事がなく、全くの、前代未聞の災難が起ったのである。だから一年分の米もなく、食物もない有様である。

　食物の無い先祖伝来の土地の生活、それは苦難の連続でなければならない。だから人々はその先祖代々住みなれた土地を見捨ててしまって諸国を放浪して歩いたりする様になった。またある人々は家や耕地を全（まる）で見忘れたかの様に見捨ててしまって山の中に入り込んで暮らしたりしていた。山の方がまだまだ木の実等の食物があったからであろうと思われる。

　こうした真に惨憺たる状態にあっては人々は自滅の途を辿るより他に道がない

と天子様の方でも御心配にならせられて色々な御祈禱や特別に霊験あらたかなと云われている修法等を執り行わせられたものであるが、一向にその験も現れては来なかったのであった。

　元来京都の人々は何事によらずその物資の供給を総て田舎から受けているのであるから、その供給者である田舎が天災の為に物資が全然取れなかったのであるから、京都の人々は勿論物資の不足を告げる様になって来たのである。京都は全く物資の供給者を失った事になったのである。こうなると困るのは京都の人々である。第一に食物を得る事が出来ない。

　それでその食物を得る為にとうとう恥も外聞もなく、家財道具を捨て売りにしてはお米を持っている人々の所へ買いに行くのだけれどもこう物資の不足している時に大事なお米は売れないとあって、とても高い値でなければ売ってくれない。こう云う状態だから、どれだけお金があっても宝物があってもどうにもならない有様である。だからだんだんと日の経つにつれて乞食共が多くなって来て、路傍に一杯群がって食を乞うその哀れな叫び声が道に満ち溢れて聞えて来る様になって来たのである。しかし養和元年もこの様な惨憺たる有様の中にどうやら暮れてしまったのである。

明けて養和二年、人々は今年こそは物資の豊かな、平和な世に立ち直るものと期待していたのであるが、その期待は見事に裏切られてしまった。と云うのはこういう飢饉の惨状の上に、またその惨状を上塗りするかの様に疫病が流行し出したのである。人々の惨状は目も当てられず、益々ひどいものとなって行ったのである。元の様な平和な世は何処へ一体行ってしまったのかとうらみたくなる位であった。

人々は飢饉で弱っている身に疫病の難に罹(かか)り、多くの人々はその生命を落して行った。一方物資の欠乏は益々ひどく人々は苦難のどん底に落ちて行った。この有様は丁度水の少い所に沢山の魚を入れた様なものであって、所詮は皆その生命を奪われる悲しい運命にあったのである。遂には相当な身分の人達でさえ脚絆(きゃはん)に足を包み、顔を笠にかくして、恥しさを忍びながら軒並に食を乞いながら歩くと云う有様になった。この様に食を乞いながら歩いたとて食を与えてくれる家とてあろう筈がないので、人々は疲労困憊その極に達してしまって、今そこを歩いていたかと思うと直にバッタリと殪れてその貴い生命を落すと云う事は、もう極く普通に有り得ると云ういとも哀れな状態にまでなってしまった。だから街路には何処へ行っても行き倒れた哀れな人々の死骸が見出された。あちらの土塀の前、こちらの門の前と云う様に全く目も当てられない有様だった。その上にこれらの餓死し行き倒れた人々の屍を取かたづけ様とするものがないので、日が経つにつれてだんだんと屍は腐って行って、型が崩れ、悪臭は芬々として街中に溢れていたのである。街がこの様な状態なのであるから、鴨の河原などに至っては、実に数多くの屍が一杯に溢れていて、その為に牛車や、馬車の通る道すらもないと云うひどい有様であった。

　山へ行って薪を取って、これを都の人々に売ってその日の暮しを立てている賤民や、樵夫達は飢の為に最早その毎日毎日の仕事すら出来ないのである。その為に都の人々は薪が不足して来たのである。だから全くのよるべのない一人者等は、自分の住家を破壊しては薪にこしらえて、これを薪に困っている人に売ろうとするのであるが、一人が街に出て売って来る代価だけでは、その人一人すらの生命を保つだけの価にもならないと云う悲惨な有様である。それにも増して奇怪と云うか、哀れと云うか、真に変な事があった、と云うのはこうして薪の不足を補うべきものの中に立派な塗のしてあるのや、金銀の箔の付いた材木が時々混っている事であった。これは真に奇怪千万と色々と考えて見ると、いよいよ飢の為に困った人々が、売るべきものは皆売りつくしてしまったものだから、寺院の中へこっそりと入って行って仏像を盗んで来たり、御堂の道具をむしり取ったりして、それを薪にして売りに出したものだと云う事が解って来たのである。物資の欠乏がかくまでに人の心を濁らせるものかと暗然たるものがあった。こうした大変な世の中に生れ合したばかりに楽しかるべき人生に、こうした悪濁の姿を見なければならないのは真に情けない事である。

世を挙げての悲惨な中にもまして最も哀れであるのは、お互に愛し合っている人々の運命である。相愛の夫婦、深く愛している夫を持ち妻を持つ人々は自分は兎に角として先ず愛する夫へ、愛する妻へとなけなしの食物すらも与えるのが人情である。こうした人々は必ず深く愛する者が先に餓死しなくてはならないのはあまりにも明白な事である。

この事は親と子の間には最も明白に現れるのであった。親を愛さない子は世にあるとしても、子を愛さない所の親は無い筈である。だから親は必ずその得た食物を子供に与えてしまうので、親は必ず先に餓死しなくてはならないのである。真に最も強き愛は親の子に対する愛と云わねばならない。こうした変事の時には最も明らかに現れるのである。母親の乳房を求めて泣く子供が方々に見られるのであるが、既に母親は死しているのに、その屍に取り付いて泣く赤んぼのいたいけな姿は、この世での地獄と云っても決して言い過ぎでない様な気がするのである。全く京の街々は昔の平和はどこへやら、今は生きながらの地獄の責苦に遭っている有様である。

その頃仁和寺(にんなじ)に隆暁(りゅうぎょう)法印と云う出家があった。この人はあまりにも悲惨な世の中の有様を見、またかくも多くの人々が日々に死して行くのを嘆き悲しむのあまり、何とかして死した人々に仏縁を結ばせてやりたいものだと発願したので、毎日毎日街を歩き廻って屍を発見する度に、その額に阿の字を書いて極楽往生を念じたのであった。こうして阿の字を書いて成仏させた人数はどれ程あったかと云うと、四月と五月の二ケ月の間に阿の字を書いた死骸の数は、都の一条よりは南、九条よりは北、京極よりは西、朱雀よりは東の、その間だけでも驚くなかれ総て四万二千三百余もあったと云うのだから、どれだけ大きな変事であったかと云う事が解ることと思われる。二ケ月と云う短い間にさえこれだけの死者を出しているのだから、ましてその前後に於て死している人々の数を入れて考えて見ると、莫大なる数になり、都の住人の総てが死したのではないかとさえ思われたかも知れない。その上に河原や、白河や、西の京の死者をもそれに加え、全日本の死者の数をも加えて行ったならば全く際限もない、途方もない数になったのは云うまでもない事である。その昔崇徳天皇の御代の長承の頃にも、この様な飢饉のあったと云うことを私は聞いているのであるが、その時の状況は目のあたり見たのではないから全く知らない。が今度の飢饉は目のあたりにその惨状を見せられて、如何に飢饉のひどいものであったか、今度のは全く稀有の椿事であり、前代未聞のものである事には違いなく、全く以って何とも言い得ぬ哀れな出来事であった。

同じ頃の出来事なのであるが、もう一つその上に大きな地震と云う災難に見舞われた事があった。その地震と云うのが今まであったどれよりも強く、従ってまたその被害も常日頃の様なものではなく実にひどいものであった。大きな山は地震の為に崩れて来て、下に流れている河を埋めてしまったり、海の水は逆行して岸辺に上り、更に人の住家のある所まで流れて来たりした程であった。又土地が二つに割れてその間から水が湧出して来たり、大きな岩がゴロゴロと谷間にころげ落ちたりして、いやもう大変な物すごさであった。海に出ていた船は地震の為に、大波の為に木葉の如くに翻弄され、道を歩いている人々や、馬や牛などはひょろひょろとしてその足場を失って倒れたりする始末で大変な騒ぎであった。

都にある所の立派な家や、大きな家や、小さな家は一軒として満足なものはなく、総てが倒されてしまっている。神社や仏閣等も数多くその立派な建造物を倒されている有様である。完全に倒されたのや、半分倒された家々のあたりには、まるで盛んな煙の様に塵や灰が立ち登っている。地面が、ゆり返しの地震にゆれたり、大きな家が倒されたりする時には、雷様のなる様なすさまじい音がするのである。

人々は落ち付く所もなかった。家の中に居れば今にも家が圧しつぶされはしないかと心配でじっとしてはいられないし、外へ走り出れば地面が割れて来る始末、何処にも行き様がなかった。もしも空へ逃げる事が出来さえしたならば、一番好いのだが、情けないかな人々には羽がなくてそれすら出来ず、まことに又飢饉以上の情けない哀れな状態と云うべきだ。

もしもこの場合に竜にでも成り得たならば、雲に乗って昇天すると云う手も考えられはするのだが、情けない事には竜ではなく人間なのだからどうする事も出来ない有様である。

世の中には恐ろしいものは他にも幾らもあるのだけれども、地震の大きくて強いの程、恐ろしいものはないものだとつくづく悟る事が出来た次第である。人々の落ち付き場所もなくなる程に強く激しく震動する所の地震は、しばらくの後に止んでしまったのであるが、その後に来る所の余震と云うものは中々に止みそうもなかった。その余震さえもが普通には誰でもが驚く底の強さのもので、これ位のが日に二、三十度は必ず起ったのである。しかしだんだんと日が経ち、十日過ぎ二十日過ぎ、となって行く中に、さしもにひどかった余震もだんだんと度数が少なくなり、間を置く様になって来た。日に四、五度の少なさになり、二、三度になって、遂に一日置きになり、二、三日に一度とだんだんに少なくなっては行ったものの、大体に於て三月と云うものの間は余震がずっと続いていたのである。火水風は絶えず人々に災害を与えているものであるのだが、大地はあまり災害を与えるものではないものなのに、今度ばかりはちと見当違いにひどく大きな災害を与えたものである。今度の地震と昔の斉衡（さいこう）の年間にあった地震で、東大寺の大仏様の頭を地に落したと云って騒いだ時のと比較して見ても、今度の地震から見ると、そんなのは物の数でもない小さいものなのであった。それ程に今度のはひどかったのである。

この様に色んな災難に遭遇して見ると、人の生活と云うものが如何につまらなく、人生そのものさえ味気ないものに思われてきて、せめてこの世に居る間だけでもとお互い相助け合い、気持好く、私利私慾を貪る事なく暮したいものだと人々は考える様になって来た。少しは濁っていた人々の心も打ち続く災難の為に改まったのであろう。けれども人々の心持なんて当(あて)になるものではなく、だんだんと日が立ち月が経ち年が経つにつれて、そう云った大きな災害のあった事など何時の間にか忘れてしまって、お互に助け合うの、お互に、私利私慾を貪らずに気持よく暮らそうなんて云う気持はもうどこへやら行ってしまって、又元の私利私慾のみを考える様になり、嫌(いや)な世の中にだんだんとなって行ってしまった。真に情ない事である。

総て世の中は無情であって、中々に住み難い所であると云う事は上述の通りであり、又自分自身の運命の果敢なく頼りない事も同じであり、その住家さえ何時(いつ)何時(なんどき)どんな災害に見舞われないとも限らないのも同様のことである。まして人々はその上に住む場所や、身分に応じて世の絆の拘束の為にどれ程に悩んでいる事か知れやしない。この様に世の中はむずかしく住み難い所なのである。一方には自然の災害があり、一方ではお互が愛し合う事もなく一人一人が勝手に暮らしているこんな世の中は全く地獄も同然と云っても好いのだ。

住む場所にした所で、家のぎっしりとつまっている所の狭い街の中に住んでいるとしたならば一度猛火に遭遇した場合には必ずその災（わざわい）を受けなければならないのだし、それが嫌だと云ってずっと街を離れた田舎の方に住むとして、火災の難は脱（のが）れるとしても、一寸外出したり散歩したりするにも道路の悪い田舎道を長く歩かねばならぬと云う不便なこともあるし、あまり人里離れた場所ではしばしば盗賊に襲われると云う事も覚悟しなければならないのである。これでは落ち付いた暮しも出来たものではない。

権勢のあるものはその現在持っている権勢では決して満足していないで、もっと強い権勢をと望んでその為に色々と苦労をするのだし、それかと云って何らの権勢もなく、身分も低くて孤独なものは人々の軽蔑の対象となって苦しまなければならず、又財産があまりに沢山あると日夜盗賊に襲われはしないかと心配して夜もあまり落ち付いては寝られないであろうし、それかと云って貧乏であって見ればその日の食の為に日夜心配し苦労しなければならないであろうし、これも又相当に苦しい事である。それかと云って人のお世話になっていれば自分自身は何だかその人の奴隷の様に扱われて苦しまなければならない。かと云って人に情けをかけて世話をしてやるとしても又その情けに引かされて一苦労しなければならず、為す事総てがこの有様では苦痛の種となってやり切れやしない。世俗一般の人々が普通にやっている生活の法則、道徳律等を守って生活しようとすれば何処かに空虚な所があって本心からこれで満足だと思う事がなくて苦しいし、そうかと云って普通の人々の生活を全く離れて自分の思っている通りに生活すれば自分の本心は非常に満足に思うのであるが世間の人々から狂人扱いをされてこれまた苦しまねばならないのである。こう考えて見ると如(ど)んな事をしても苦しまなくてはならない世の中にあって自分は一体どうすれば苦しみもなく落ち付いて暮らす事が出来るかと全く解らなくなって来る。何を為し、何処に住めば一体私の心は永遠の平和を得、本心の満足を得、落ち付いて生活する事が出来るのであろうか。つまる所は私はまだまだこの俗世に執着を感じているのではあるまいか。もしそれだとするならばこの俗世を脱れる事が最も私の生活に満足を与え、平安を与え、落ち付きを与えてくれる事になるのかも知れない。

私は父方の祖母の家督を継いでその家屋敷をも受け継いでそこに住む為に、祖母の永く住んで居た土地に永く居たのであるが、家族の者に先だたれたり、色んな不幸が打ち続いてあった為にすっかり私は元気を失ってしまい、遂にはそこに住んでいると色んな過ぎ去った不幸を思い出すので嫌になってとうとうその土地を見捨てる決心をしてしまった。そうして自分はもう俗世では決して満足が得られないのでこれをも捨ててしまって人の来ない所に小さい庵（いおり）を作って住む事に定めたのである。その時私は丁度三十歳であった。この庵は祖母から受け継いだ家と比較すればその十分の一位のものでまことに小さいものであった。それでもその中に自分の居間だけは作る事が出来たのであるが住家と名付けるだけの部屋を作る事は出来なかった。ささやかな籬（まがき）を作ったけれども、これを飾る所の立派やかな門は作る事が出来なかった。竹を柱にして車を入れる所を作って居た。がこの庵は少し風が強く吹きでもすると吹き飛ばされはしまいかと心配になり、又その上に雪でも荒れ狂ったならば何時圧しつぶされてしまうか解らないと云う様な真実(まこと)に以って危険千万な建物なのである。その上に河原の近くに位置している為に洪水が出たとすればひとたまりもなく圧し流されてしまう危険があり、あまりに人里離れた土地故に盗賊の心配又大変なものである。こうして俗世を脱れて来ても色々な心配は常に絶えるものではないのである。

　心配事や苦しい事ばかりが世の中には多くて少しも落ち付いて暮らす事も出来ず、まことに住み難い世の中だ、嫌な世の中だと、何だと不平を云いながらも私は既にもう三十年と云う長い間この苦しい、つらい世の中に堪え忍びながらも住んで来たのである。そしてその間にあった色々な出来事や、嬉しい事よりも悲しい事の多かった事、思い掛けない災難に遭ったこと、失敗した事等によってしみじみと自分の運命の情けない事を悟る事が出来た。それでもまだ全く世を捨てる事は出来なかったのであるが、遂に五十歳の春には全く家を捨て、苦しい世を捨て、全くの遁世を決心してそれを実行したのである。

もとより私は孤独の身で妻や子はないのであるからそうした家族の愛に引かされると云う事は全然ないのだからそう云った事には全然悩まされる事もなかった。又高位高官や、貴い官職や、沢山の俸給等と云うものには全然用事のない身であるのだから何一つとして俗世に引き付けられる様なものもなく、大変に楽に世を捨てる事が出来たのである。

　こうして全くの遁世の生活を、人里離れた大原山の雪深い所に送る様になってからもう長い間の時が経ち、何回かの春秋を送り迎えした解（わけ）である。もう齢も六十近くなり、あともう余命幾何（いくばく）もない時になってから一つの新しい住いを造って住んだ事があった。丁度これは遂に行き暮れた旅人がやっとの思いで一夜の宿りの場所を見付けてほっとした様なものであり、又これは年老いたかいこが繭を作って籠る様なもので真にはかないものではあるが何か心楽しいものではあるのである。この新しい住家は以前に造って住んでいたものに比ぶればその百分の一にも及びも付かない、小さいものではあった。こう云う風にだんだんと年を取って行くにつれて自分の住家までがだんだんと狭くなって行く、何だか如何にも自分の運命そのものの様に思われて淋しい。

現在自分の住家はどんなものであるかと云うと世間に普通一般に住家と言われているものと比較すればそれは、もう住家と云う事さえ出来ない様なちゃちなものである。がこれで自分一人が住むにはまことに相応していて心持の好い住家である事には間違いはないのである。広さは僅かに一丈四方と云う小さなもので高さもそれに相当して七尺に満たないものなのである。一体私は何処に住まなくてはならないと云う考えは全然無いのであるからここが好いとかあそこが好いとかなんて事は少しも考えないで唯気の向くままに何処へでも土台を組み、屋根を組んで板と板との継ぎ目には掛金を掛けるのみで至って粗末なものではあるが、それだけは何時でも気の向く所に至って簡単に建てられると云う便利があるのである。だから建ててしまってからでもそこに何か気の向かない事でもあれば直に壊してしまって他の場所へ移って行くのである。

他の場所へ移るにしても少しの費用しか要らないのである。せいぜい車が二輛ばかりあれば結構なので、この車の借賃さえ支払えば労力は自分で出来るのだから至って易々と引越しも出来るのである。

現在の日野山の草庵を建ててから後にその草庵の東側に粗末ながらも三尺余の庇（ひさし）を取付けて日除（ひよけ）にして、その下で柴を折ったりするのに楽な様にした。南には竹の縁側をこしらえたり、北に寄った方に障子を隔てて阿弥陀様の絵像を安置してその傍に普賢様の像をかけ、その前に法華経を置いた。西の端には物を置くのに便利な様に閼伽棚（あかだな）を造ったりして色々と住居らしい設備をして行った。自分の寝床には東の端に蕨（わらび）の穂を取って来て敷いて置いた。西南の方には竹のつり棚を造った。それは真黒な皮の籠三つばかりを置く為でありその籠の中には幾冊かの和歌の書物や、音楽の書物、又は「往生要集」等の抜書したものが入っている。これはつれづれなる折に読みかつ慰めにする為である。その傍には「おり琴」と「つぎ琵琶」と名付けてある琴と琵琶とを一張ずつ立て掛けて置いた。上述の如きものが現在の私の住いである。

住家の周囲の景色はどんなものかと言うと、南の方には石で造ってある水溜へ水を引く為の懸樋が造ってある。毎日の必要な品である薪は直ぐ近所に森があるので少しも苦労する事もなく集めて来る事が出来るのである。直ぐ傍には外山と云う山があるのであるが、この山への道にはまさきかずらが、一面に生い茂っていて、全くその道を埋めてしまって登るのには少し困難を感ずる様である。谷間には鬱蒼たる草木が繁っているので少し暗さを感ずる程ではあるが、西の方はからりと打ち開けているので、西方にあると云われている浄土の事や、仏様の事を、そちらの方を向きながら黙想するには真に好い場所である。

春は藤の花が谷間に一面に咲いて紫の雲が棚引いている様で全くうっとりとする様な景色が西の方に見られるのである。

夏が来れば郭公がしきりとあの哀切な声でなき、昔の人の言った様に、死出の旅路の道案内をすると云われているこの鳥の鳴き声は何だか自分が死んだ時には必ず道案内をして極楽往生をさせてやると約束している様に聞かれて真にうれしく感ずるのである。

秋はひぐらしが山一面に鳴き出して私にその悲しげな声を聞かせてくれる。その声は私にこの世のはかない運命に対する悲歌を聞かせてくれる様な気がして何だか物悲しく物思いに沈ませるのである。

冬になると全山雪に覆われてしまう時が時々あって、しみじみと雪の山の美しさを味わわせてくれるのである。又降った雪がだんだんと消えて行って無くなってしまったり、又降って積ったりするのを眺めていると、人間の罪悪と云うものも丁度この雪の様に積っては仏様の大きな御心によって浄めて失くなったり、又罪を犯して又浄められたりする有様を想い出さずにはいられないのである。

毎日毎日仏様にお念仏を申しているのであるがどうしてもそれがおっくうになったり、又仏様への読経が大儀で仕様のない時には自分から怠けて見たり、お念仏も、読経をしない時さえもあるのだが、そうしたと云った所でここには誰も居ないのだから、怠けた事を恥しいと思う様な友も居ないものだからつい怠けてしまうのである。こうした人里離れた山の中にたった一人で暮しているのだから、自然に無言の業をしなければならないのだし、又自分から必ずしも仏のお戒(いましめ)を守ろうと勉めている解ではないのだがこんな山の中では仏様の戒律を破る様な誘惑は全く無いのであるから自然と戒律を守ることになってしまうのである。何も聖人、君子に成ろうとしているのではないけれども話す相手とてもないこんな所ではは自然と無言の行を為す事になり又自然と仏様の道を行う様になってしまうのであって何も自分からの助力でこうなったのでは決してないのである。

　あまりに退屈で仕方のない時には岡の屋のあたりを通る船を眺めては、船の後に残る泡の消えたり現われたりするのを見て人間の運命の果敢なさを考えたりする事もある。又古人の満沙弥（まんしゃみ）が行った所の風流を真似て歌を詠んで見たりするのである。又夕（ゆうべ）ともなって夕風が桂の樹にあたってさやさやと樹の騒ぐ時には潯陽（じんよう）江（こう）の夕景色を想ったりするのである。時には桂大納言に真似て「秋風」と云う曲を琵琶で弾いたりすると松風の音（ね）がこれにまるで和する様に聞えてくるのである。「流泉」と云う曲を弾くと谷間を流れる水の音がこれに和するかの様に聞えて来るのである。私の琵琶を弾ずる技能は決して上手であるとは言い得ないのであるが、誰の為に弾くと云う事もなく、唯自分で弾いて自分で楽しむのだからこれで充分なのである。自分はその曲を弾いて爽かな気持になって落ち付いて自分の生きている事を楽しみ、山の孤独の淋しさを慰められればそれで結構なのである。

草庵から少し行った山の麓に一つの小さな小屋があってそこには山番の人が住んでいるのである。そこには一人の子供がいて、その子供が時に私の庵を訪ねて来て私と話し合うのである。まあ私の庵の唯一人の客人と云っても好いのである。話す事も別段に無く、それかと云って為す事もない時にはこの子供を友としてその辺の山を逍遥するのである、その子供は十歳で私は六十の坂を越している年寄ではあるが、年こそ違っているけれども二人で山を歩いてお互に楽しむと云う事には少しも差しつかえはなく、全くの好い友達同志なのである。ある時には山を歩きながら草花を取ったり、岩梨を取ったりするのである。また時には零余子を拾ったり、芹をつんだりする時もあるのである。そんな事にもあきた時には山麓まで行って田にある所の落穂を拾って穂組を造ったりするのである。又あまりにお天気の好い和やかな日には峯に登って見て、遠く古里の空を眺めたり、木幡山、伏見の里、鳥羽、羽束師等の辺を見渡したりするのである。こうした景色の勝れた山々は誰と云ってこれを専有する人がないので、心一杯に楽しむのには何の障りもないので真に心楽しい事である。心が朗らかであって少しも歩き疲れると云う事のない時には遠くへ行く事もあるのである。そんな時にはすみ山を越えて笠取を過ぎて行って岩間の神社に参詣をして石山にもお参りをすることになっているのである。もう少し遠くの方にある粟津の原に行って古の蟬丸の住んだと云われている仮屋の廃墟を訪ねて蟬丸の霊を慰めたり、田上川の彼方にある所の猿丸太夫の墓所にお参りする事などもあるのである。こうした遠出の帰りには季節季節に従って春は桜の花の小枝を折り帰り、秋は楓の一枝を折り帰る。又は一束の羊歯を、一籠の木の実を取って帰って仏様にお供え申したり、又自らの食料にしたりするのである。

　月の美しく冴え渡った夜には、月光美しく射す窓辺によって昔お互に付き合った古い友達の事を思い出しながら、悲しげに月に叫ぶ猿の泣き声を聞いたりすると思わずも涙の眼に浮ぶ事さえもある。

　草叢にいる蛍の灯はまるで真木島の炬火ではないかと思われるばかりに沢山谷間に輝いていて私の淋しい心を慰めてくれるし、又暁方の眠りを覚す暁の驟雨は何だか木の葉を吹き散す嵐の様に思われたりするので、何だか物淋しく、その音に聴き入るのである。

ほろほろと鳴く野の鳥の啼き声を聞くにつけても今の一声は父の声ではなかったか、それ共母の声ではなかったかと疑って見たりして昔、父母の居ます頃の生活を懐しく思い出して見たりするのである。こんなに山深く住んでいると同じく山深くに住む鹿などが馴れ馴れしく庵の近くまでやって来るのを見ても自分がどれだけ俗世から遠く離れて暮しているかと云う事を示された様に思われて何か知ら淋しい様な感も抱かれたりする事もある。

六十余りの老境に入って見ると夜の眠れない事が時々にあるのだがそうした時の唯一の楽しみは炭火をかきおこしてこれに暖まるのが何よりである。こうした時には炭火でも大切な友達になってくれるものなのである。別に恐ろしい事のあると云う程に山奥でもないのであるけれども陰気な梟の鳴き声を聞いたりすると何だか心淋しく哀れさをしみじみと感じさせられて感に堪えぬ事もないではない。

この様に山の中の景物は春夏秋冬それぞれに面白味のあるものを与えてくれて中々に尽きるものではない。まして私達よりも内省の深く、知覚の鋭い人々であったならば私の感じた物以外にもまだまだ面白味のあるものを発見してこれを楽しむ事が出来たであろうけれども私の様なものでは以上の様なものにしか楽しみを見出すことも出来ず何だか身を哀れに思うのである。

私がこうやって山の中に入って住む様になってから早や五年の月日が立ってしまった。月日の経つにつれて庵も所々が破れ損じているし、軒下には落葉が深く積っているし、そしてその葉は朽ちるにまかせてあるのだ。又苔が床の上に一杯に生える様にさえなった。

京からの時々の風の便りに貴い身分の人達の多くが亡くなられたと云う事を聞くことがあるのだが、それと同じ様に身分の賤しい人々も沢山に死んでいる事であろうと思われる。

多くの住家が度々の火災の為に焼け失せたと云う話を聞くのであるが、この賤しい自分の住家だけは火災にも遭わずまことに平和なものである。どの様に狭いものであった所で夜の寝床はあるのだし、昼の書見をしたりする所もちゃんとあるのだから、自分自身が住む上には何等の不便も不足も感じないのである。やどかりが小さい貝の中に住むのもきっと自分の身の程を弁（わきま）えての事で、やどかりには小さい貝が相応した住家なのである、又みさごが人を恐れるのあまりに浪の荒い海岸にいて人々を近づけないのである。やどかりやみさごの様に自分は自分なりの小さい住家に住み、そうして世の中の果敢なさ、自分の運命の哀れを知って世を離れてこうした山の中に住み、富も求めず、位も求めずに、まして俗世間と交際ある様な事もなく、みさごや、やどかりが自分自身だけの平安を楽しむ様に唯一人で何の不安もなく暮しているのである。

総て世の中の人々が家を建てる目的はほとんど自分自身の為では決してなく、親の為だとか妻子の為だとか、他の家族の為に建てると云うが普通である。又は他人への見栄の為に建てたり、主君や、師匠の為に建てたりするものなのである。財産や宝物を入れる為に建てたりする事もあって決して自分だけの為に建てると云う事はないものなのである。所が現在の私の建物は純粋に私自身の為に建てたものなのである。人の為に建てると云った所で私には既に両親はないのだし、妻や子供すらも無い事だし、又一緒に住む様な友達もなく、使用人も置いてないのだし、全然今の境遇では家を建ててやる様な人は居ないのであるから結局自分自身の為に建てることになったのである。現在の世の中に於ては人の友達になる為には先ず何よりもお金持でなければならず、そしてその人になれ親しむと云う事でなければならず、必ずしも情に深くて素直であると云う事は必要とされないのであるからこの様な軽薄な友達付き合いをする位ならば、それよりも山の中に居て自然を友とし音楽を友としてその日その日を暮らすのがどれだけに好い事か知れやしないのである。

又人の使用人になろうとする様な人々は先ず給料の多い事を望み、何でもお金になる所へのみ行きたがっている始末で、可愛がって情けをかけてやって養ってやっていても給料が少かったりすると決してそこには使われている事は承知しない有様なのである。これでは人を使って却って苦しまなくてはならないのである。そこで使用人を使わずに自分自身を使用人にするのが一番に好い事なのである。多少はそうすれば厄介な事もあるけれども人を使って苦しむよりはどれだけ好いかも知らないのである。歩かなければならない事があれば自分の足で歩く事にするのである。そうすれば多少は苦しい事ではあるが、牛車や馬車に乗って気を使うよりはどれだけに楽であるか知れないのである。私の身は二つの使用人を兼ねているのである。一つは手でこれは召使の用をしてくれるのだし、一つは足でこれは乗物の役をしてくれてどちらも私を充分に満足させてくれるのである。こうした為に自分の体が苦しくなって来たら使うのを止めて充分に休ませて、又丈夫になったら使うことにしているから決して無理をすると云う事はないのである。だるくなって歩くのも、仕事をするのも気が向かない時でも何も気に病む事はないのである。まして毎日働いたり、歩いたりすることは此の上ない身の養生となる事なのである。だからどうしても何もしないで怠けていると云う訳には行かないのである。

歩いたり、自分の身の廻りの事を他人の手を借りると云う事は明かに一つの罪悪でなければならないのである。

衣食の事に就ても同じ事が言い得ると思うのである。藤の衣、麻の夜具と云った様なもので着るものは充分に間に合うのであってそれ以上のものは不用なものなのである。又野辺にあるつばなや、峯にあるいわなしの実などを取って食べていればそれで充分に生きて行けるのであってそれ以上は又不用なものなのである。他の人々とは全然交際しないのであるからどんなに貧しい身なりをしていた所で誰も何とも言うものでもないのだし、又食物の至って乏しい山の中であるのだからどんなにまずいものでもおいしく食べられるのである。こうして今の自分の生活を書いて見るのは何も他の富める人々にこうした暮らしをせよと云って教訓するのではなく、唯自分がまだ俗世を捨てずに俗世に住んでいた時の生活と今の生活とを比較するために書いて見たまでの事なのである。

この世の中と云うものは心の持ち方一つで苦しい世の中にもなり、楽しい世の中にもなるものである。精神がもし安心立命の境地に立っていなかったならばどれだけお金があり立派な住家に住んでいてもそれは何もならないのであって、やはり苦しい暮しをしなければならないのである。今自分はこうして淋しい山の中へ来て唯一間（ひとま）しかない所の狭い家に住んでいるけれども精神は真に平安で、毎日毎日を非常に楽しく暮しているのである。

その上にこの様に粗末な住家だけれど私はこの住家をこの上もなく愛しているのである。

たまたま都の方に出て托鉢をするのであるが、そんな時には自分がこんな乞食坊主になった事を恥しいとは思う事があるのだけれども、この小さな自分の住家に帰って見ると、俗世の人々が浮世の名利にのみ執着して暮しているのを考えて見るとそれらの人々が哀れにさえなって来るのである。が私がこんな事を言えば人々はお前は夢の様な事を言うと言うかも知れないが、しかし魚や、鳥の生活を深く考えて見ると好いのである。魚は一生を水の中に暮して少しも水にあきる事がない、又鳥はその一生を林の中で送ることを願っているのである。この鳥の気持や、魚の気持は魚自身、鳥自身でなくては知る事が出来ないのである。私もその様に山の中で世を離れて唯一人住んでいるこの心持はほんとにそうした生活をやって見なくては、解るものではないのである。山の中の閑居の楽しさ、淋しさ等には俗世では味う事の出来ない深い味いのあるものであってほんとに実践した人でなくてはこの味は解るものではない。この味は高位高官に登るよりも、お金持になることよりも数等増しで私には好いことであり楽しい事なのである。

さて私の一生ももう余命幾何もなくして死出の旅路に出なくてはならないのであるが、もう現在では何も今更に嘆くことも、悲しむ事もないのである。仏様の御教(みおしえ)は何事に対しても執着心を持つなとあるのだが、今こうして心静かに楽しく住み得るこの山の中の草庵を愛することさえ一つの執着心の現れで罪悪なのである。私は仏様の世界から見れば何等価値のない楽しみをごたごたと並べ立てて無駄な時を過したものである。

物静かな夜明け方にこうした真理を考え続けて行き、自分の心持を深く反省して見ると自分がこうして浮世を脱れて山の中へ入った最初の目的は何だったかと云えばそれは仏様の道に精進しようとしてやった事なのであるが、それにも拘わらず自分の生活というものを考えて見ると外見は聖人の様ではあるがその心持はまだまだ聖人には遠く及びも付かないもので全く俗人の如くに濁ったものなのである。私の住家は昔の維摩居士の方丈の庵室を真似て建てたのであるが、自分の行いや信仰の上に於ては一番魯鈍だったと言われている仏弟子の周利槃特のものにすら劣っているではないか。そしてこの原因はあまりにも貧しい苦しみをしたのでその為にあまりに苦しんだから思う様に修業が出来なかったのであろうか、又は煩悩があまりにも強かったが為に心が狂ったのであったか、等と自分がどうして悟入出来得なかったかと自問自答しても何等の答も与えられなかった。それで唯口舌の力を借りて南無阿弥陀仏と二、三度仏の御名を唱えてその加護をお祈りするまでである。

時に建暦二年三月晦日頃、僧蓮胤が外山の庵で之を書き誌したものである。

鴨長明

ひとりの従者を伴うて見るから都の貴人と思えるのが、池畔の祠に休んで巨椋の池の水の面に晴れ渡って行く朝霧を賞でていたのが、向う岸をあざやかに照し出した日影を見て、やおら身を起すと、かえり見て従者をはげまし、山かげの日野の里の方へあゆみを急がせるのであった。

于時建暦元年夏七月某の日であった。史を案ずるに前将軍頼朝の死から十三年目、承久の乱に前つ八年である。

「山かげの路とは聞いているが、朝涼のうちに辿りつきたい。あまりおくれては家に居なくならぬとも限るまい。一往は確めて置いて来たが、なにぶんに家長の朝臣も久しい以前の心覚えではあり、わけては小鹿の角形の山の小径である。しるべも心もとない。ただ外山と呼ぶあたりには相違ないという。都から来た世捨人の五、六年このかた住み慣れたのがいる筈である。その柴の庵のあるのはどのあたりであるか篤と里人にただして来い」

命ぜられた従者は門口に牛を曳き出そうとしていた男をいきなり驚かせた。里の男は先ずまぶしげに都人たちを見上げて甚だいんぎんな会釈を幾度もしてから、鄙の言葉のまわりくどく言うのであった。

「ほど近いあたりの大岩の上とは聞いて居りますが、まことに不調法な事にはっきりとは存じませんでした。隠者が山裾の田へ落穂を拾いに出ているのは秋毎に見かけますが、まだついぞ近づきにもなりませぬから、庵もただ程近い大岩の上と里の者どもの申すのを聞く外にはしかとは存じませぬ。今少し麓に近く参られますと、山守の小屋がございますから、そこでもう一度お尋ね下さらばきっとよく知れましょうかと存じます。里であの隠者と近づきのあるのは山守の家ばかりでございます。山守のせがれはいつもよく隠者と伴れ立って居る様でございます。山守の家でございますか。この道を山裾に沿うて参られますれば、田いのつきて山の登り口となるあたりに、あやめ草のある軒端の傾いた一軒家でございます。直ぐとお目につきますでございましょう」

里の男は一くぎりごとに頭をさげてやっとこれだけを話し終えると額ににじみ出した汗を拭い拭い立ち去ろうとするのを、道ばたの草を食い貪っている牛が動こうとせぬのに気を焦立てながら都の貴人の手前牛を叱るにも気を兼ねて、ただ無言に手荒く綱を引くだけであった。やっと動き出した牛の後を追うて立去りながらも主従を勿体なげにふりかえって居るのであった。牛は気兼ねもなくあたりの空気を震わせて呻いた。牛の声に目をさました里の犬は見なれない都人を見つけておどろいて道ばたへ駆け出そうとして、前庭で餌をあさっていた雛雛づれの雞を騒ぎ立たせた。その鋭い声に山かげの里の朝の静けさは破られた。

歩々に蛙を田のなかへ追いこんでいる主従の都びとは世に知られた歌人飛鳥井の雅経朝臣とその下部とであった。

自分のこの唐突なおとずれが、故人を犬や雞や蛙や牛などのように驚かせなければいいが、と雅経朝臣は案じながらも、それかとも見えぬほどに痩せ衰えていたと家長朝臣のいうむかしの友の面影とこよなき朝恩にもそむきいみじくも世に拗ねたその生活とが今に目の前に現れて来るという懐旧の情と好奇心とが交々動かずにはいなかった。しかしそんな一片の好奇心や旧友を慕う心だけが雅経を未明に都から立たせてこの山村に急がせたわけではなかった。重要なそうして隠密な用向が彼をして古い友をその隠遁の庵に訪わせているのであった。事そのものが重要なばかりでなく、その用向を果し終えると否とは彼の身の上にも大きな影響があったからである。人々は多く雅経のこの使命を最初から危ぶんでいた。ただ友の心を余の人よりは一しお多く知っているとひそかに信じて、雅経は、一往は十分当ってみるだけの値があるものと進んでこの使命を引き受けて来た。そうして人々の見込よりも自分の見こみが当ったならば、人の心を深く知る者というほまれが彼にあるわけである。人の心を深く知るとはやがてもののあわれを知る所以でなければならない。してみればこのほまれはやがて歌人のほまれである。かくて、言わば院の和歌所のおん人々を一度にお相手にして歌を合せているようなものである。ともあれ行くならば行って見るがいいと仰せられた院だけは畏多いながらまだしも雅経と幾分は見どころを同じうして居られるわけではあるが、その外のおん人々誰も雅経ほどは長明を知らぬかと思うのがこの使命を院からお受けして来た雅経が心のときめきとなった。しかしこの命をお受けして来たからにはもし長明がこれをうけがわぬとならばその代理の役は申すまでもなく再び雅経にかえって来なければならないという覚悟ももとよりあった。はしたなく物をこそ賭けないけれども、その興味は殆んど似ていた。いや物をどころか、命をさえ賭けねばならないかも知れない。というのは長明が鎌倉への下向を肯ぜぬ場合は余人ならぬ雅経が自分で出かけなければならないに決っていた。鎌倉右大臣のお好みに合う蹴鞠と和歌との技のために既に一度は雅経に仰せ出された役を雅経は辞退して長明に振り向けようとしているのである。いたいけざかりの末の子を見るとものの十日も家を離れようと思わぬのに、鎌倉ではどんな憂き目を見まいとも限らないからである。その危い使命を自分は避けて長明に負わせようとしているのか。そうだ。しかし長明は事情が違う。妻も子もない世捨人の、往生をさえ願っているという彼ではないか。それに院が浦のはまゆう百重なす御恩はよもや忘れている長明ではあるまい。それに説き方によっては振い立つ筈の男である。世人も知らず彼自身でも気づかぬかも知れないが雅経が知っている。感じやすい弱い心が傷けられた男ではあるが、思いつめれば底の剛いこの不調和が彼の生涯を今日のようにしているのだから、院の御恩を忘れてさえいない限りはその性根を覚まして鎌倉へ下向を思い立たせるのはむずかしい事ではない、と雅経はおのれの舌の力を恃(たの)んでいた。長明の心はまんざらの灰ではない。燼(もえさし)があればこそ世を拗ねもした。そのもえさしを煽(あお)って燃え上がらせずには措くまい。

　沈みにき、今さら和歌の浦波に、よせばや寄らむあまの捨舟

と和歌所の二度のお召しを御辞退申したという歌の心の底にも余人は知らず雅経に

はまだ全くは世を捨て切らぬひびきが感ぜられるのである。それに家長朝臣が誘いに心のこめ方が足りなかったのであろう。しかしあれからもう幾年を経たろうか。長明も、早、六十でなければならない。世の常の翁心になっていなければいいが、と雅経はいささかは自分の信念の揺ぐのを覚えて、でも命のある限りは院の御恩寵をまるで忘れ果てた長明とも覚えぬ。夜昼御奉公を怠らず御所から退出する暇もなかったほどの彼ではないか。

思い入りつづけてわき目もふらず歩を運ぶ主人の後から下部は声をかけた。

「しばらくお待ち下さいまし、山守の小屋はこれかと見えます。一往しかと道しるべを存じて置きましょう」

その声に雅経は思いがとぎれたままに、行く手に繋っている木々の梢に照りはじめた日かげと、それをかがやかに揺ぶる風とを見あげていた。

下部はつかつかと路傍の陋屋(ろうおく)へ入って行って、やがてひとりの童子を従えて出て来た。

「山守の童が案内を致そうと申します」

「そうかそれは珍重だ」

われにかえった雅経はふりかえって下部と童子とを一目見てから
「山守の童とやら、お前か。山の世捨びとと近しくしているというのは」

「はい」と童子は聊かものにおくれた態であったが
「山の小父とはいつも一しょに岩梨をとったり、つばなを抜いたり、むかごを集めたりいたします」

「そんな事の外に山の小父はいつも何をしているか」

「よく本を見て居ります。それから月のよい晩などは笛を吹くと見えて麓へも時々は聞えてまいります」

「お前は幾つか」

雅経は童子が見かけによらず話ぶりの気が利いているのを見て問うたのである。

「十になります」

気が利いているといっても山家の十の子供を相手にして遊んでいるという長明を雅経はあわれにも心細くもなった。雅経主従は山守の童に導かれて辿るのであった。東に向うた細径である。岩間をつたい草木をわけて上ること三町ばかりであった。大して険しい路でもないから童子は元気よくわけ登るのに、山に慣れぬ従者はもとより雅経も足たどたどしく、息をはずませているのであった。

「もうすぐそこでございます。あれに見える松の下でございますから」

童子はふたりの足弱を劬わり顔に立ち停って休みながら指さしている。見れば一本の老松のみどりがほかの木立のなかで一きわ黒ずんで見えるのに風が当って音にひびいているのであった。琴をこの上なく愛した長明が世を遁れてもまだ松の下かげを家にしているわいと雅経はそぞろに歌ごころを催したが、従者の童子に追いついたのに彼も急がされて歩みをはげました。

童子等が待っている松の根方まで来て見ると、ここは山の中腹のきりぎしになった上であった。そうして目の下には二丈ばかりとも思える大岩が西に突き出た上にささやかな草屋根の見えるのは童子の指すまでもなく既に聞く長明の庵と知られるのであった。目を遠く放つと西の方晴やかに伏見淀などの白く光った川のおもてに朝日を受けた帆の行き交うのがおもしろく見渡されるのであった。童子は足もとを踏み固め、踏み固め、あらわな松の根やまさきの蔓などをたよりに崖を下って行くのであった。

従者が危ぶむのものとはせず雅経は身軽るに童子の後を追いながらかえって童子を案じて

「気をつけろ」

「大丈夫でございます。毎日歩み慣れて居ります」

と童子はきっぱりと答えて身軽るにもう下に下り立っている。雅経もつづいて下りた。見ればささやかな土を見つけてあばらな姫垣を結んだなかにくさぐさの薬草らしいものを植えているのであった。養生のよすがに当てているのだと、そぞろにさすが世捨人に哀れが催されて目をふせて見やると、何やら一つ二つつぼみをつけているのもあった。ふとどこやらで潺々たる水の音を聞きつけたので目を上げてみまわしたが、どこにも見当らなかった。

やっと崖を下りて来たらしいけはいに下部をかえり見て雅経が言うには
「お前は退って、きままにゆるりと山守の小屋ででもくつろいでいるがよろしかろう」

「では御免を蒙りましょう」

と下部は恭しく一礼して再び崖を上って行った。庵へはもう童子が彼に代って案内を求めに入って行ったからである。下部は幽趣に富んだあたりの様子をつぶさにながめるほどのみやびごころもなかったし、早く主人の意に従うのを分相応の美風と心得ていたからである。

「石の上はひえびえとしてまことに快い」

雅経はなおも脚下らしくおぼえる水の音に耳を傾けながら、目の前に庵の軒端に朽葉の多くたまったのを見上げ、つぎに青々とゆたかに苔むした土居を親愛なまなざしで見下した。このひまにも庵の主が現れるだろうと思ったからである。けれどもまだ姿を現わさぬのに気をいら立てたか、雅経は童子の歩み去った後を追うて庵の西の方へ出た。その季節にはさぞやと思われる藤蔓の芽の多く巻き垂れた木の間越しに伏見淀などの川の面やさては多分桂川の岸べを這いさかのぼってひろがって居ると思える明い野面などを見とれているのであった。

よもすがらひとりみ山の真木の葉にくもるもすめる有明の月

雅経はあたりを見まわして、ふと長明が得意の一首を思い出し、つづいて

住みわびぬげにやみ山の真木の葉にくもるといひし月を見るべき

と世を捨てるにのぞんで友が咏みのこした一首を思いうかべた。その友が山棲みの

こころもここに来てみるとさすがに苟(かりそ)めならずおもわれるのであった。背後にささやきあうらしい人のけはいにふりかえると、先刻の山守の童子が藤の衣を身につけて糸のように髪の乱れた見も知らぬ翁と慣れなれしく語り合っている。と見てつくづくと見直すとこの見も知らぬ翁こそこの庵の主、余人ならぬ長明であった。なるほど痩せおとろえて見るかげもないがただならぬ光を帯びた眼のあたりは憂とも憤とも知れぬ曇にたてこもった風情がむかしのままの故人を偲ばせるのであった。彼方でもそのもの狂わしいとにもあらず世の常ならぬまなざしで雅経を認めて進みよりながら、

「思いがけない都の貴客(まろうど)を迎えて物乞いの爺は夢かとばかり顚倒いたしたわい」

と長明は大声でわざとらしくひとりごとめかして童子に話しかけているのであった。

「世すて人の清閑をおどろかした心なさを深くはとがめて下さるな」

雅経の言葉も要もない長明の慚羞(はにかみ)を映してまだほんとうに打とけなかった。もどかしく腹立たしい。

それでも長明は直ぐ雅経を庵室に誘い入れた。ここに入ってみると先刻から心をひかれていた水のひびきは一しお近く一しおしずかに聞かれた。あたりの閑寂は清水とともに湧くようにおぼえるのであった。

「ききしにまさる好もしい閑寂の世界」

と雅経に言わせも果てず長明は
「また聞きしにまさるむさくるしさ、枝の小鳥野の鼠の巣にも劣る蚕の繭に似せて営んだ末葉のやどり……」

とつづけた。雅経が言おうとしてさすがに言い得なかったところを長明が自ら言い放ったので主客は同時に心おきなく笑い始めて自ずと和気が生じた。雅経は長明が院の和歌所にいたころの最も打とけた友であった。ひとりは花やかに楽しげな、ひとりはしめやかなのがかえって気が合ったばかりか、雅経の位があまり高すぎなかったうえに雅経が長明のこころを知っているのを長明も気づいて馴れ親しんでいたものであった。

見れば筧（かけひ）は庵の南面にあって岩を積みたたんで水をためたのが青空をうつして戦き（おののき）揺れていた。

取りはずせば二台の車に積み込むことが出来ると主の説き明すこの庵は竹を柱としてひろさは方丈高さは七尺というが、何さま大男の雅経朝臣が一気に両手をつきのばせば天井がもち上がるかと思えた。それでも主が出て来るのに手間取ったのは童子をてつだわせて片づけていたのでもあろうか、いや、主がむかしながらのたしなみで、快く小ぢんまりと整っていた。

室の南にはさし出した仮りの庇があってその下には竹の簀の子が敷かれている。簀の子敷きのこの縁側の西の端に閼伽棚の作られているのが雅経の目についた。別に東の軒に三尺の庇があってそこは炊事の事に用いているという。また庵室の内部の西の壁に阿弥陀如来の画像を据え奉っていた。主の話では入日が射し入ってこのおん像を照すと自ずと眉間の白毫の光になると。この画像をまつり奉った御厨子の帳の外の扉には普賢菩薩と不動明王との尊像がかかげられている。室の北面の壁には唐紙をはめてその上は小づくりな棚にしつらえ、黒い皮籠が三つ四つのせ並べてある。和歌や管絃などに関するものや「往生要集」からの抄録を入れてあるという事であった。そのそばには箏と琵琶とが一張ずつ立てかけてある。折り箏、つぎ琵琶というのである。

この庵についての主の話が終ると今度は客に話させようと長明がさすがに都の噂を聞くのであった。雅経は十一月ごろには法然房の源空が入京されるという噂があるなどと聞かせているうちに長明にも一度源空の法話を聞かせたいものだと言い出し、未だにその折がなかったと長明のいうにつけても、長明がまるで都に足を入れない年月の久しいのに気づいて都で最後に会ったのは何時であったろうと語り合った。長明はよくおぼえていた。俊成朝臣が九十の賀のあった前年の春定家朝臣や家長朝臣などと二条どのの南殿で桜を見て横笛を吹いたのがたのしい思い出になっていることや、その前後の元久二年の詩歌会の記憶などまですべて昨日の如くあざやかなものであった。みな五、六年前の事どもである。雅経は長明の頭脳の今なお昔ながらに働いているのをまずたのもしい事に思った。

雅経は庵室の西南の隅に招ぜられて着席していた。つまりは閼伽棚に隣りして仏をまつり奉ったわきだからここが室内の上座に当っていたのであろう。これに対して主の長明は東北の隅に、東の壁の小窓の下にある文机の片端によって、文机の前に敷いた蕨の穂荊の片隅にかまえていた。長明の膝の前には蕨のほどろと殆んど重って藁のふとんが机のきわまで一杯に敷きのべられている。その枕もとには炉が切ってある。長明は自分の寝床の裾の方につつましくひかえていたのである。全く小鳥の巣に二つの卵が置かれたように主客はやっと膝を入れていた。雅経は目を上げると自ずと相対する棚の上の箏と手習という銘のある琵琶とをたえず見つめていたが、用談に入ろうとして巧みに迂廻して切り出した。

「ありのすさびには今でも折ふしには手習を棚からおろしますか」

「え、時々はね、やっぱり塵を払う序(ついで)には潯陽江(じんようこう)を思いやって源都督(げんとく)の流も汲みます」と長明は先ず素直に答えてから
「何せよ人里を放れた有難さには流泉であれ、啄木であれこころのままですよ。秘伝のゆるしのとやかましく申し立てる人もなければ、また巧みであれ拙くあれ里人の聞き咎める筈もありませんから、自分の気に入りさえすれば天下の妙技と自分で許していますよ」

「院の御返歌のある黒木の撥(ばち)は今もお手元へ置かれていますか」

「経袋のなかに秘め納めています」と何気なく答えてから長明はふと、何やら雅経朝臣の不時の訪れも判るような気がした。さてはあの撥に就てであったか。それにしても琵琶は遊ばさぬ筈の朝臣が何人に頼まれて来たものかと疑われながら「もとより何であれを手放しましょうか。いつぞやも家長朝臣にも申し上げましたが、苔の下まで同じところに朽ち果てたいほどの所存はあの世の障りかとさえ思うばかりです」

雅経朝臣は無言で心に期するところあるがごとく深くうなずいた。

山の小父が都の貴人とどんな様子で対座しているかを見たいと思ったものか、山守

の童が筧のあたりからちらとのぞき出たのを雅経朝臣は目ばやく見て取った。

「山守の童は山家の育ちにも似ぬりはつな生れだね。貴君が話相手にされるのも御尤（ごもっとも）だ」

「字を教えろとうるさく言うのだが、山守の子に文字はいらぬといって叱っていますよ」

「実は少々密談があってね。童だからいいようなものの……」

と言いかけたのを長明は早く察して、童を手招きして

「これ、これ、お前ちょっと谷へ下りて行って岩魚を生け捕って来て都のお客にお目にかけてあげてはくれまいか」

「さあ、うまくとれてくれればいいが」と言いながら童はあたりから姿を消した。

「長明（ながあきら）どの」雅経ははじめて相手の名を呼びかけて口調も自ずと改まり「院の御恩寵をそれほど深く肝に銘じて居られるのは奇特のおん事ではある。世ひとはおん身が志を知らぬと見える。院がわざわざ氏社を官社に昇格してまでおん身を鴨の代りにその禰宜（ねぎ）に補し賜わると内定遊ばされたお志をお受けせずにおん身が大原へ隠れたのをあまり心ない仕打のように申し伝えている」。

「世人が何を申そうと関わりのない事ではあるが、自分が大原へ籠ったのは人と合わぬ自分の心がらを愧じたからでした。西行法師ほどにすぐれた才は持たぬながらも、出家の志は早くからあったものでした。瀬見の小川の歌にまで無念を申し事毎に長明をよろこばぬ一族の祐兼に対してたとい憤はあろうとも何で院に対し奉って不満がましい思を抱き奉ろうか。あろう筈のない道理でしょう。長明身なし子として育ちはいたしたがそれほどには心ねじけたものではないつもりであります。卑しく無才のものを特別におん和歌所へ召し入れられたおん思召だけに対し奉ってさえ院の御恩寵を忘れ奉ってならぬさえあるに、ひとが不伝の秘曲を広座で奏でたと訴え出た折にすら院は数寄のあまりに出た事としてお咎めは遊ばされなかったのもこの身を不便とおぼされたからこそといともったいないものに存じて居ります」

「それならばおん和歌所へ再度のお召しのあった時何故有難くお受け致さなかったか」

「長明は一途に世を遁れたかったからです。深くは咎めてくださるな。才の無い身で才に富んだ月卿雲客の間に立ち雑るのが切なかったのです。それに東砌下では歌も出来にくいからね。しかしこれとても院のお心におそむき申したのを今も折にふれてはおん申しわけなく存じて身をせめています。雅経朝臣、むかし長明が夜昼の御奉公を怠らず御所から退出する暇もなかったのは、お身も親しく御覧なされたとおりでございます。長明の院に対し奉る心はその頃も今も露いささかの変りもございませぬ」

「それをはっきり承って雅経も、後を申す気になりました。これはおん身のその心を頼もしく思召して院からお命じになる事どもを同時に雅経がわが身からお願するわけであるが、長明どの、この十月の中旬に鎌倉まで下向してはくれますまいか。いつぞやは気軽るに思い立って伊勢路を二見の浦まで向われたおん身だ。かねて西行法師を羨しいと仰せられていたのを今更鎌倉は好ましくないとも申されまい」

「草まくらには心ひかれる事どもであります。しかし鎌倉へ下向の趣は」

「決心致しかねると申すのか」

「いや、その御趣意を承りたいというのです」

「おん身が院に対し奉って御奉公の実を顕わされたいのだ。実は仰せは雅経が承ったが二の足を踏んでいるところである。御承知の如くこの十月は前将軍頼朝の十三年に相当する。十三日の御法事には公家からも御使者が立つ。そのお供のうちに雑って院の格別な御用の御奉公に雅経がお目がねに協(かな)ったわけであります。右大臣の蹴鞠や御和歌の御相手を致して右大臣どのが近ごろの御様子を心の奥ふかくからさぐり出すという大役であります。「山はさけ海はあせなん」とは申しているがそのかげにかくれた深い心を知るにはふとした言葉のはしはしなどを見なければなりますまい。このお使には歌をよくし、また先きのかえしうたのこころを深くくんで、さらに読みかけるだけの力のあるものでなくてはかなうまい。かねておん手ずから刀を鍛え武を錬り給う院を御存じのおん身は

奥山の　おどろがしたもふみ分けて
道ある世ぞと　人に知らせむ

と院が遊ばされたお心の程もよく拝察し奉る筈。つらつら天下の形勢を見るに頼朝薨去の後は鎌倉も老臣の歿するもの誅に服する者などひきもきらず、二代将軍頼家の世も久しからず、只今はまだ乱脈に見うけられるが、やがては次第に落ち着くところへ落ち着くものと考えられるにつけても、只今の鎌倉の内外の様子をつぶさに窺って置こうと思召すのもさもあるべきおん事どもである。鋭いまなこと深いこころとを持っ

ていなければならないこのお使には長明どのに優る人もない。右大臣殿の蹴鞠や和歌のお相手を致すことは雅経にも出来ても、この大切の御用向には力及ばぬ節が多い。その上雅経ちかごろ草まくらを好み申さぬ。それにまたこの隠密の用向が鎌倉方に察せられたならば、まさか打取られるでもあるまいが、二度と都へはかえされないで都からの客人という名でそのまま鎌倉へ監禁の憂き目を見ぬとも限り申さぬ。まずそれぐらいの覚悟は必要と存ずるのに、妻子を持ってまだ恩愛の妄執に迷う雅経にはその覚悟の程がおぼつかない。つつまず申せば鎌倉へ幾久しく客寓などとは思ってみただけで慄然と致す」

「そこで妻子もない世捨人の長明を思い出して賜わったという次第でござり申すか」

「うち明けて申せば、まず左様である。長明どの、雅経に代ってこのお役目を引受けては賜わらぬか」

長明はやや久しく無言であったが

「院の御恩寵の万分の一はいつかお酬い申さずばなるまいと深く心に決して居りましたから、こよなき機会を賜わったのをお礼申します、たといそのために鎌倉に召し捕えられるはおろか打ち取られても厭うところではございませぬ。後にのこってなげく妻子もなければ、生き尽して一期の月かげもかたぶき余算山の端に近い長明の身でございます。ただひとつ、親しげに振舞って置いてものをさぐり出しそれをあばき出すというわざがうしろめたくて……」

「いかにも、おん身としてはさもあろう。その心弱さと正しさとがおん身を人の世から山の中へ追い込んだのだから。だが別だんのはかりごとをたくらむにも及ばずただ見聞きしたところとかの地で心におぼえたところとを事つばらかに心に刻み置いてそれをおみやげ話に院にお語り告げ申せば足りるわけである。しいてそれ以上に振舞えとも仰せ出されませぬ」

「それほかりの事ならば誰を憚るところもありませぬ。長明にも出来ましょう」

「お引受下さるか」

「それはもう喜んでお願い申し上げましょう。鎌倉は岩間や石山よりは遠いだけに草枕の趣も深うございましょう。右大臣にお目にかかるのは蟬丸の翁の跡を弔い猿丸大夫の墓を尋ねるに優るとも劣らぬたのしみでございます。朝恩をまた一つ加えたかの思が致されます」

「左様申されれば忝い。おかげで雅経まで面目をほどこす次第である。まことは和歌所のおん人々がみなみな申すに、和歌所への再度の出仕をさえお受申さぬ長明、この度の仰せをよもお受け致すまい。世を捨てた長明、世の怨みとともに院が海山の御恩寵をさえ忘れ申したであろうなどと取沙汰致すなかに、雅経だけは長明どのの心を頼んで参ったのである」

雅経は今や心も晴やかに、西の庇の下から木の間の窓を通して深草あたりと思える里や野山をのぞき込んで、ま昼すぎの日ざしをまぶしく眺め入りながら、山を下って日ざかりの三伏の暑のさなかを釜中のような都へ帰ることの煩しさを思い出しては、せめては弥陀の画像に夕日が自ずから白毫を現わすという時刻までこの庵にいて、序に幸のやみ夜ではあり夕風に乗って槙(まき)の島のしるべまで出て、も早(はや)命衰えたなごりの蛍を見て、明日の朝霧をわけて家へ帰ろうかとも考えてみたが、家という思と同時に夕餉(ゆうげ)に父を待ちかまえている末の子を幻に浮べ出すと、

「それでは、お暇を致す、長明どの、何ぶんによろしくおたのみ申す」

「先ずもう少し日かげのうつるまで樹下石上に涼風を浴びて行かれるがよろしかろう」

「貴君も近々に京都へ出て来られるでしょうね。いずれは院からの御沙汰もあろう

が草まくらの用意万端は雅経が心得置き申すから、お立寄りを願います。ではその節またゆるゆる」

せめては山守の家のあたりまで見送ろうという長明を押しとどめて雅経はひとり蔓や松の根づたいに崖を登って例の松の根方にしばらく涼風を浴びていると、真下に庵の東の庇に出て来た長明の姿が見えて、頭上に雅経がいると知るや、知らずや、長明は栗であろうかそれともただの水であろうかものを煮ようと柴を折りくべているのであった。その煙がしずかに立ちのぼって来て雅経の膝のあたりへも流れて来た。なお も見戍(みまも)っていると、先刻用もない岩魚を取りにやられた山守の童が大岩の一角を攀(よ)じ登って帰って来るのも見えた。

帰りの途の雅経は限りなく満足していた。下部が童子の父の山守から頼まれたとかいう童子を都の然(しか)るべき方へ奉公に出したいという話にさえ耳を傾けたほどであった。雅経は長明の生活の有様をまのあたりに見て来たにつけて、気の弱いながらも一面には剛気なところがあって、この二つの心がひとりの人間のなかに住んでいるところに長明の不幸があるのだという日ごろの考えをまた考えはじめた。志を遂げ得ない人間は世の中に多い。長明ひとりとは限らない。けれども志が遂げられぬと思い切って山林に遁れる人間は長明ひとりである。祖先伝来の家を一族に奪われたからと言って家や屋敷が人を苦しめるものと気がつくやそれを十分の一に縮めてみたが、今度のはまたその百分の一にも及ばぬ蝸牛の殻のようなものにしてしまっていた。愛読する書物を持っている人は多いけれどもその書物の内容をそのまま生活しようと企てる人も稀有なものであるのに、長明は「池亭記」を愛するあまり、その生活を段々と愛読の書に近づけて行った。雅経は長明のこういう一面に推服していた。そうして院の恩寵に感じていると言っては真実鎌倉で召し捕られるのをもものとせぬらしい口吻を自分の煮えきらぬ態度と思い較べて長明に敬服し、院が長明を寵愛される所以を思い合せた。

雅経が家人に長明の生活の話を聞かせているころ、その噂の方丈のなかの主は名ばかりの夕餉の後しばらく文机の前に坐っていた。彼は山の乞食爺が鎌倉で将軍に謁するという事にわが身が物語の主めく興味をおぼえて心をときめかしながら、雅経の言葉を思い出し思い出し鎌倉でどんな不慮の事どもが惹起されるかも知れないとそれを空想してもみたがもの怖(お)じらしいものは不思議と少しもおぼえなかった。その代り今まではいつでも機があると考えて、荏苒(じんぜん)日を期しなかった事を今のうちに片づけてしまおうと思い立った。彼はつと立ち上って北の障子に対(むか)い、手をのばして棚の上をさぐったから、旧友に会って昔を思い出すままに、興に乗じて箏か琵琶でも取おろすかと見れば、そうではなくて皮籠を取おろしてそのなかから一束の紙を出して机の上にのせた。そうして短檠(たんけい)をかき立てると筆をとりあげて、細い字で、ゆく河のなかれはたえすしてしかももとの水にあらすよとみにうかふうたかたはかつきえかつむすひて……と書きはじめた。いつも興を持って耳を仮す梟の声があちらこちらで鳴きはじめたのにも気がつかぬげに長明は一途に筆を走らせていた。細かな字は興に従ってだんだん大きくなって行った。筆の勢に従ったばかりではなかった、短檠の油が心細かったからである。のこり少くなった油と紙とを心配しているひまもないほどの筆の勢であった。東に山を負うた家はあたりの白むのもおそかったが、小高いところには里の雞の音がはっきりとほがらかにひびき渡ってあちらでもこちらでも、雞の声がつづいて興に乗じて明け易い夜は明けた。先ず空が、そうしてあたりが、方丈のなかが最後に明るくなって行った。

山守の童が幾度来てみても山の小父は物に憑かれでもしたかのように机の前にばかりいて、彼の呼ぶ声にさえ、とり合わぬのを怪しみ、失望した。それでも次の日の朝行って見た時にはもう筆を捨てていて彼の声にもすぐ耳を仮したので、童子は力を得

て、いつもの親しみをもって、

「山の小父、都の貴人があなたに何を言いつけて行ったのです。幾度来てみてもいつも机にばかり向っていて、いくら話しかけても少しも返事をしてくれなかったではありませんか」

不平がましくたたみかけるのを、長明はかえって珍らしい笑顔をふりむけて、

「いや誰にも何もたのまれはしない。小父はもう年が年だから、いつ往生を遂げないものでもないと気がついたので人なみに亡き後のたのみ事を書き記して置こうと思い立ったのに、妻も子も兄弟も友達もなければ七珍万宝はおろか牛馬どころか雞一羽ない身には、筆はとって見ても記して置く事もなく、でもせっかく紙と筆とがあるのだからとつい今はおおかた忘れてしまったと思っていた用もない来し方の事どもの思い浮ぶままを筆まかせに書き綴ってしまった。そのため夜と昼とのけじめさえもつかなかったわい。ものくるわしい事どものであったのう」

いつもながらの自分を哂(わら)うようなその口ぶりさえ童子には気味が悪く思われた。長明がまなこをかがやかせ血走らせていたからである。

「小父さん。久しぶりで峠へのぼって見ませんか。もうちっとも暑くはありません

よ。今日はいいお天気だから京都がよく見えますよ」

童は今日は特別の心で京都の方が見たかったのである。長明はまた長明の心で京都が見たかった。来し方を追憶すれば好悪にかかわらず思い出をそこに馳せないではいられなかった故郷の空をさすがにもう一度しみじみと眺めて置こうという心持であった。彼等は歩み慣れた山径を嶺の方へ踏み分けて行った。初秋の山気は肌に快いしかし小暗い木立のあたりでは蜩（ひぐらし）が啼いている外には路傍にりんどうを一輪見つけた位なもので、まだ秋山の趣にはもとより早かったが、童子はみちみちそれの言いわけででもあるかのように、里では赤とんぼももう麦わらに代ってしまった事などを話すのであった。でも山ではまだ栗のいがの固いのが童子をも長明をも失望させた。僅（わずか）に童子は歩々にひとり、かしの実を見つけてよろこんでいた。それでも峠の眺めはさすがに澄み渡っていた。巨椋池（おぐらのいけ）は木幡山（こはたやま）にかくれて見えなかったけれど見はるかすかぎりやや色づきはじめた田の面には、風がすがたを見せて、通り過ぎていた。伏見の里、鳥羽はやや遠かったが羽束師（はつかし）は叫べば答えんばかりに見えた。そのあたりを蜘蛛手に流れ交す水の色にさえ自ずと秋の色は映っていた。彼等は淀川に遠く行く帆を数えて、その上に影を落して舞う鳶（とび）を興じていた。視野を少し北に向けると京師の市中の寺院とおぼしく大きな公孫樹の下に大きな屋根の甍がきらきらと光っていた。この嶺の眺望は長明が好んでいたところで、日のうららかなのにつけ、気のむすぼほれるにつけ、童を伴うてよくここへ来て、勝地に主のないのを常に喜んでいた場所だから目に入るかぎりの野や里や杜や山や水や、みなその名を或は教えたり教えられたりして、今は老幼ふたりとも少しもめずらしいところではなかった。彼等はいつもそこに座を占める二つ並んだ木の切株に腰を下していた。ただいつもとは位置をかえてこの日は長明はほんの一瞥で気がすんだのに童子が日ごろより一しお熱心に京都の空を見入っているのであった。この間山の小父のところへ来た貴人の従者が、休息の間に山守の一族が交々述べる乞いを容れてこの見どころのある童を都の然るべきところへ奉公させることを主の朝臣にもお願し、自分も奔走してみてやろうと約束して帰ったからであった。従者は山守の一族の好遇に対してのほんのお礼心に格別の当もなく言いのこしたことを田舎人のまめやかさで疑いもせず一途に喜んで既に童の夢は白日の下でさえ都に彷徨していた。童はその希望の実現される日をもどかしがって遠望に思をやっているのであった。

「小父さん、この間の都のお客はあれは何さまですか。お婆さんやお父さんなどは大したえらいお方に違いないと言っていましたよ。そうしてあんなえらいお方にちかづきのある小父さんもきっとえらい人だと言っていたよ。小父さんも時々京都へ出かけて行くが、あんなえらい方がたとおつき合いをするの」

「うむ、わしは京都へ乞食に出かけるのじゃ、えらい人からでもえらくない人からでもくれるものならみな貰ってくるよ。この間のえらい人は山の乞食小屋が見たかったので寄ってみたのだよ」

「あのお方の御家来衆がわしを京都へ出られるように世話して下さるとうちのお婆さんに約束して行ったそうだけれどいつ迎えに来てくれるでしょうかね」

「さあいつ来るかは知らないが約束ならそのうちには来るだろうね。おせっかいなことをするものだな、都の人というものは。お前はわしの友達でいつまでも山にいて、大きくなったらおやじどのと同じ山守になったらいいのだわい。山守の子が山守になるに越した仕合せはない道理だ。わしは禰宜の子だから禰宜になりたかったのだ。それがなれないばかりに今は山の乞食おやじだ。わしがまだお前ぐらいな年のころにやはりおせっかいな人がいてな、親のないわしを可哀そうに思ったからであろうが、わしに出世しなければならないと教えたものだ。わしがお前に言いたいのとまるで反対なことを教えこんだものだ。その人はわしに、お前の家は代々立派な家柄だから、親がなくて人が世話をしてくれなくとも、お前自分の心がけ一つで出世をしなければならないよとこう言ったものだ。悪気（わるげ）もなしにとんだ重荷を負わせたものだね。わしは子供ごころに歌でも学んで世に出たいと考えた。だがわしが生意気にそんな道に志したのを見て喜ばない人が一族のなかに居てね。わしはつい親代々の禰宜にもなれないでしまったよ。ふた親に早く別れたのがわしの不運のはじまりだったね。それでもお婆さんがわしの父や母に早く別れたのを不便に思ってくれてわしのためにいろいろと心配をしてくれた。わしはお前と同じことでお婆さんに育てられたのだ。お母さんは見おぼえもないよ。お父さんはわしがお前位よりもっと後までは居たのだがね。お婆さんの特別な可愛がり方とそれをまるで目の敵にしていたらしい一族のなかの意地悪とがわしをこんな変人に育ててしまったのさ。それでもお婆さんが案じて下さったおかげで、わしはお前ほどの年のころには、もったいなくも白鷺と同じように五位という位までいただいて、やがてはやんごとないお方のおなさけでわしは歌でお仕え申すような忝い身分になった。この間の客人というのもそのころの知り人なのだ。わしは禰宜のくせに禰宜になろうともせずに歌よみになった事や琵琶を習ったりした、それがわしの不心得のもとであった。お前がもう五つ六つも年をとっていたら、もっといろいろ思い出して話して聞かせたらいくらかは世の中を知る足しにもなろうと思うが、どれもこれも浦島子のような面白い話ではない。そんなことより、わしはお前が山守の子でありながら都を憧れたり文字を知りたがったりするのを見て行末を思い案じていつまでも山にいて山守のあとつぎをせよと言おうと思って愚痴になってしまった。お前も都へ出たいと思い立ったならその志も一度は遂げて見ずばなるまいてのう。何の年寄りどもがとめ立てすることではなかったわい。世の中へ出て行って世のなかが山のなかより住み憂いことを自然と追々に悟るだろうよ。財産があれば心配は絶えまいし、なければないで無念な事だらけだ。人のおかげにたよらねば自分の身が他人のものになり、そうかといって人を養う身になったらその恩愛にわが心が自分のままにはなるまい。世間のままに従っていれば自分の心にもない事をせずばなるまい。それかといって世間に従わねば、気違の沙汰だわい。世に処する道を知らないわしはみさごが人を避けて荒磯に住むように山へ来て、宿かりのような殻のなかに身をかくしてひとり自分で自分の主とも奴ともなってこれがまず一番いい生き方と考えているが、お前は世の中へ出て見てお前の生き方を自然に考えつくだろう。受け難い人身を享けた甲斐には何にせよ精一杯に生きねばなるまいて、処生の心得もなく、財宝もないわしが都へ出るお前にはなむけにするのはまあこんな言葉ぐらいなものだが、いくら言ってみたところでさかしいといってもお前の年ではまだ何も判るまい。つまりは達者で元気よく好きなようにするまでの事よ。もしまた年をとって故郷の山、つまりはここが恋しくなって帰って来る時があったら、むかし、つまり今日の事だ、この山に乞食おやじがひとりいて都へ出ようという矢先きに何やら言ったことがあったと思い出してくれればいいのだ。そうして千人岩の落葉でも見てかえってくれることだ。わしは近いうちにむかし御恩になったお方の御用で関東の方へ旅をするが、この年だから無事で帰るやらどうやら知れない。何れは命は天に任せてある。お前が都へ出る日にはこの山には居ないかも知れない。いつまた三界のどこで逢うやらのう」

「小父さんわしはまだ明日都へ出るというのではありませんよ。それに小父さん、涙なんか出してどうしたの」

「いや何でもないよ。年をとると何でもなくとも目から水が出るのさ。それにこの二、三日寝不足をしたので目がくたびれているからだろう」

長明はまだ恩愛の妄執の影を宿しているらしい自分の心が腹立しかった。そうして

逃げるが如く切株からやおら身を起すと、

「こんなつまらぬ話はもうやめて、また岩間の方へでも行ってみるとしようか。もう日が短くなったから栗津までは行けまいが」

童の同意をも待たずに彼はもう歩みはじめていた。彼等は峯つづきの炭山を越え、笠取を過ぎていつもの道を岩間山の正法寺に出た。童子は何とも知らずこの気の毒な年寄りの関東の旅の無事を本尊の千手観音に祈って小さな手を合掌するのであった。彼等の頭上の夕焼のそらは地に映えてさらでもややみどりの褪せた木々はところどころ赤く紫に見えた。

十三日。辛卯。鴨社氏人菊大夫長明入道(法名蓮胤(れんいん))雅経朝臣ノ挙ニ依リテ此間、下向シ、将軍家ニ謁シ奉ル。度々ニ及ブ云云而シテ今日幕下ノ将軍御忌月ニ当リ彼ノ法華堂ニ参リ念誦読経ノ間懐旧ノ涙頻(しき)リニ相催シ、一首ノ和歌ヲ堂柱ニ注ス
　草モ木モ靡(なび)キシ秋ノ霜消テ空シキ苔ヲ払フ山風

とこれは、鎌倉の記録「吾妻鏡」巻十九の建暦元年十月の条に見えた一節である。

長明が鎌倉に無事に到着し実朝が快く長明を引いて接見したのを知るに足ると思って仮名交りに直して引用した。しかし長明が法華堂の柱にしるした一首に対して実朝にどんな唱和があったかは聞えていないし、更に長明が鎌倉を帰去の後京都でどんな報告をしたかも明かでない。力が及ばぬから調べても見ないが、事の性質として多分は何の記録も残ってはいないだろうと思う。

ただ長明が鎌倉の法華堂の柱に書きつけたという草も木もの一首を再三吟誦してみて感ずることは、それが故英雄を追弔するという情よりも言外の実感としては彼が小庵のある山中の大岩の上に落葉を吹き払う風や吹かれて岩の上をかさこそと鳴る落葉をなつかしがってるかのような一種の里ごころを感じさせるのをおぼえるではないか。それほど彼はあの庵室の生活を愛していたのを知るわけである。

大形(おおぎょう)にも死を覚悟して山を出たが岩間寺の千手観音の御加護があったからかどうかは知らないが長明は、再び無事で日野の外山に帰って来た事だけは確実に判明している。そうしてその年の方丈の冬ごもりのつれづれには彼の関東への旅の紀行がものされていた。が、年来胸底にあったものが一朝事に感じて自ら溢れ出た「方丈記」とこの紀行とではまるで別人の筆の観があるのも尤もである。長明自身が何人よりそれをよく気がついたであろう。紀行はほんのありのすさびに書きはじめて見たものだし、そのころ彼の心中に起っていた考から見てこんなすさびに日を消しているのが自分でも慊焉たるものがあったので、その稿はさし措いてその代りに前年の秋の未定稿を再び皮籠のなかから取り出して炉辺で推敲し、完稿を心がけた。その全く成ったのは冬も終って三月の末であった。

その足音に雉を驚かせ、飛び立った雉の勢に満開をすぎた山桜の散りかかる山の径を笠取から岩間へ越えて行く二人づれの老幼があった。長明と山守の童子とであった。彼等は先きごろの遠い旅路を恙なく帰ったのを喜び仏に感謝しながらも、老翁と幼童との事とて、雪にとざされて心ならずもまだ果さずにいたお礼まいりを今日こそしよう、かえりには家苞のわらびももう得られようと思って出て来たのであった。岩間の千手観音にぬかずいた彼等は更に春霞を分けて目白鶯などの山禽の声に興じつつも雪消に水嵩の増さって岩に激する水を互に相いましめながら瀬田川を下って石山に向った。それはいよいよ京へ出ると決った少年のために老人が遠く石山の二臂如意輪観音に参拝しようと云い出したからであった。翁はもう童の都に出るのを思い留らせようとはしなかった。いよいよの名残にいつもより遠く山を分け入ろうという童子の心と鎌倉で山の庵を愛しすぎていると気づいて以来、鬱屈して来た心を散じようとする翁の心とが偶々一致した日の遊行であった。

長明はその後二年を経て建保元年十月十三日に、山中の方丈で入寂したという。まだ六十には達していなかっただろう。訃を聞いて、京都から山守の童と雅経朝臣とが相誘うていち早くかけつけ、雅経は童子の言葉によって長明が関東に立つ前に書き残したものがあったのを知るや、棚の上の皮籠をさぐって三、四種の稿を見つけ出した。

その二つは大同小異だし、他の一つは全く別の稿であった。雅経は完稿らしく見えるのを読み耽って巻を措く間もなかった。最後に、「仏の教へたまふおもむきは事にふれて執心なかれとなり、今草庵を愛するも咎とす閑寂に着するもさはりなるべしいかが要なきたのしみをのべてあたら時をすぐさむ。しづかなる暁この理をおもひつづけてみづからこころに問ひて……」

という一節に到って、彼の業の深い気の毒な友が六十年の生涯を賭して最後に安住していたかのように見えたこの生活さえ実はまだ苦悶の種を残していたのを知って、気の弱いくせにどこまでもおのれが心を主とし奴として来ておのれが心ゆくまでに生活を徹しようと心掛けていた友を有難がった。そうして彼の友に対する日ごろの見解との一節との合致とを誇りかに都の友に語るのであった。
後鳥羽上皇が二度までも長明が方丈のあとへ御幸あったと伝えられているのはいつ
いかなる折であったかを詳かにはしないが、ともあれ故の寵臣を追憶あそばされての
お思召しと畏多い極みである。

　　岩が根に流るる水も琴の音の昔おぼゆるしらべにはして

というのが御幸のお供に加わった一人の詠だというが、なるほどそう聞えぬ節もな
いではない。ただ歌のさまもこころも少し時代が下るように思われるのはいかがなも
のであろうか。
青雲の志を抱いて都に出たあの山守の童子の後日に就てはその後杳として一向に伝
わるところを見聞しない。恐らくは道芝のように生き道芝のように枯れ果てて、今も
まだ三界に流転しているのであろう。それとも都に出て折から勃興した浄土宗の念仏
によって極楽に往生したかも知れない。

あとがき

本編は作者が「方丈記」を一読して得た印象を小説躰に記したもの、一両年前執筆になり、その後多くの意に満たぬものをつぎつぎに発見し、改作を企てながらその意を果さないでいた。例えば京都から日野の外山への路なども巨椋の池のあたりを経たのでは迂回らしいことを、のちに現地を踏んで知り得たの類である。その他想像によって記されたものは、皆な再考を要する点が尠（すくな）くない。読者の寛恕を乞う所以である。

ただ幸いに佐佐木博士の一閲を経て、重要な幾多の誤謬を訂正することが出来たばかりに編輯部の勧めに応じてこれを附録する決心がついた。巻末ながら記して佐佐木博士の懇情に対し感謝の微忱（びしん）を表し、後日の改作を期して置く。

兼好と長明と

1

卜部(うらべ)兼好と鴨長明とはともにまだ明確な伝記もないらしいが、大たいは既に判っている。その研究は自分の任ではないから多くは言わないが、極(ご)く大づかみには両人とも略(ほぼ)同時代の人と見て差支なかろう。それではあまり大づかみすぎるというなら、長明の方が一世紀前と心得て置いて貰おう。即ち源平時代と南北朝時代との文学者である。その社会的背景を考えるためにはこれ位のことは知る必要もあろう。

2

「つれづれ草」と「方丈記」とは古来最も多く読まれて来た文字であろう。「方丈記」に関しては著者の歿後まだ半世紀を経たか経ないか位に出来たといわれる「十訓抄」の第九にこの書とその著者とに就て伝えている。彼とその著とに関する最も古い記録ではあり、簡にして要を得たものだから引用して置く――

近頃、鴨の社の氏人（うじびと）に菊大夫長明といふものありけり。和歌管絃の道、人に知られたりけり。社司を望みけるがかなはざりければ世を恨みて出家して後、同じく先立ちて世にそむける人の許へいひやりける。

　いづくより人は入りけむ真葛原、秋風ふきし道よりぞ来し

深き恨の心の闇は、しばしの迷なりけれど、この思をしもしるべにて、まことの道に入りにけるこそ、生死涅槃と同じく、煩悩菩提一つなりけることわり、たがはざりけりとおぼゆれ。此（こ）の人後には大原に住みけり。方丈記とて、かなにて書き置きけるものを見れば、はじめの詞に、「行く川のながれは絶えずして、しかももとの水にはあらず」とあるこそ、「川閲レ水以成レ川。水滔々而日度。世閲レ人而為世。人冉々而行暮」といふ文をかけるよとおぼえて、いとあはれなれ。しかして彼の庵（いおり）にも、折琴、継琵琶などを伴なへりけり。念仏のひまびまには、糸竹のすさびをおもひすてざりけるこそ、すきのほどいとやさしけれ。その後、もとの如（ごと）く、和歌所の寄人にて候ふべきよしを、後鳥羽院より仰せられければ、

沈みにき今さら和歌の浦波によせばやよらむあまの捨舟

と申して、つひに籠りゐてやみにけり。世をも人をも恨みける程ならば、かくこそあらまほしけれ。

——という同情のある批評である。当時から或る程度世に重んぜられ、行われていたことが証せられる。これにくらべると「つれづれ草」の方は稍(やや)久しく埋もりて約三世紀を経た慶長頃から注目されはじめたろうという事(沼波瓊音氏による)である。尤(もっと)もこの運命は作の価値に関聯した問題ではなく、「つれづれ草」の方がその製作年代が戦乱時代と接触していたがためにしか過ぎない。それ故、「つれづれ草」が一旦世に知られはじめると、頗(すこぶ)る愛好され速(すみやか)に伝播して山岡元隣の「たが身の上」のような優秀な模倣作の出現をも見たが、元禄年間には既に一世を風靡するの概を示して、西鶴にも芭蕉にもその影響が著しく見られるとか。「つれづれ草」はかくて江戸時代の文明を指導した重要な典籍であった。「方丈記」は明治に入って学校教育の勃興とともに最も有用な国文の教材として更に普及し、「つれづれ草」の教訓的な部分のみを抄録編纂したものや「方丈記」には国文学に共通の恋愛に関する話柄がないという愚にもつかぬ理由と古典の中では年代も文体も新しくて理解されやすいという事とで青年受験学生が必読の書となった観があった。二者とも決して青年向きでない著述が偶然過って青年の書とされ、俗解が行われて通俗の書となってしまった結果はとかく専門の士から真価以下に遇せられる傾が生じた。

自分も少年の頃に読み噛ったこの二書を頃日改めて精読する機会を得てはじめてその真価を知った。甚だ迂潤な話で、とんと面目ないが事実である。

3

近時、友人舟橋聖一君にこの両著を論じた一文があって啓発されるところが尠くなかった。就中、「方丈記」に対しては、独創的なしかも学的に公正な鉄案を下して敬服に堪えぬものがあった。従って愚見の如きは驥尾に附する而已の観が多いが、今度これを現代文にしてみた序にこの国民的典籍とその著者とに就て雑然たる管見を記して置きたい。

4

自分はこの両著の新らしさに先ず驚嘆した。到底、六百年前、七百年前の著述とは思えぬばかりの新らしい生命の脈動していることをいうのである。

その伝記は判明せずともこの二著によってこの両作者の為人は躍如として我々の身辺に生きているのを見た。

二人は共に何者よりも先ず詩人である。尠くもこの点だけは一致している。しかし、一人は「折にふれば何かはあはれならざらむ」の情懐を抱いた春風駘蕩の現実家であり、一人は「世に従へば身苦し」と秋霜の気を帯びた理想家であった。

この典型的な二性格の対比と、この性格を通じて見られた世界とに自分は非常な興味を覚えさせられた。

5

彼等の文学がいかに新しいか。

正にそれに値する彼等を、現代の文学者として分類する必要があると仮定したら、兼好は自由主義を奉ずる心理派の作家であろう。長明は人本主義の行動派であろう。

6

「つれづれ草」を称して或は卓抜な趣味論の書と見、或は達人の達見に満ちた人生観処世訓の書とするの論、各一面の真を得ないではない。同時にこれを難じて自家撞着と矛盾とに満ちた混沌の書とするの論も亦ありそうな事、いかにも混沌の奇書ではあるが、それ故にこの書を愚著とすることは論者の愚を告白するにしか過ぎまい。この自家撞着矛盾の混沌こそこの書の価値の一半を占める本質だからである。

儒、仏、老、荘、等の教養を経た思想を蔵しながらも何物にも拘束されることのなかった自由人の著書、それ故に真に風流の書である「つれづれ草」はその披瀝する多くの論旨に於ても好尚に於ても、捉われるところなく真実を見得て卓抜であり、同時に自然の如く混沌で人生の如く矛盾だらけである。この場合の矛盾混沌は豊富の同意語であるが如く「つれづれ草」も亦無際限に豊富である。すべてが実感である限り、敢てその矛盾を惧れず平然自若として所感を披瀝するところ、正しく達人の悠々たる態度である。本来詩人であり、既に達人の域に到った彼が、平俗の功利的に小細工にすぎた邪気の多い美観を超越し無視して真に自己の胸底に響く精神的美観を指摘し告白するところ、自ら、独自に高逸な美を発見したのは寧(むし)ろ当然である。達人の達見が同時に趣味の上乗を伝えた理由である。彼の捉われざる理智を讃して達人というか、彼の捉われざる情懐を仰いで無上の趣味家としようとも要するに楯の半面を争う者である。

但(ただし)、彼を達人として見る場合、彼のお談義は円満熟達した所感ではあるが遂(つい)に常識的の域を脱していない。当時としては捉われない進歩した所感には相違あるまいが、しかし当時の常識より一歩も二歩も進歩したものではあろうとも所詮はより高い教養に原(もと)づく常識にしか過ぎない。哲人的な個性の悩みを示す光輝と高い思想に当然伴うべき熱情との欠如を不満とするのである。彼の識が三百年後を指導したにもせよ恐らくは遂に千古を貫かぬ所以(ゆえん)であろう。

達見家としての彼があまりに常識的であるのに反して、趣味家としては頗る個性的で従って熱情をも伴って調子の高いものを示している代りに、これは又あまりに一面を力説し、幾分同時代に捉われ過ぎた嫌(きらい)がないであろうか。明かな理智は常識的、尖鋭な趣味性は偏狭、これは彼一個の性癖ばかりではなく、各理智性趣味性それ自体に潜在している特質かも知れないが、ともあれ、兼好の文学に対して自分はこの感を屢々(しばしば)抱いた。然(しか)らば彼の文学が感じさせる無限の豊富なものは何か。実に情趣である。さらばその情趣は抑(そもそ)も何処(どこ)から来たか。

7

兼好の識見、その好尚、恐らくは智的に蒙昧な、美的に衰弱した同時代(コンテンポラリー)が彼の聡明と美意識とを刺戟して、その自由濶達な意見をまた懐古的にまた衰頽の美趣をも説かせたものであろう。

彼等の周囲に腐蝕されない個性が厳然と聳立し、炳(へい)として同時代を反映し反射しているところに、「徒然草」と「方丈記」と——否、あらゆる文芸の傑作がその共通点を持っている。

8

その文学に時代を反映するのは可である。大(おおい)に可である。当然、然かあらなければならない。しかもその識と好みとがたとい迎合的でなく反撥的にもせよ、一時代に即し過ぎているの観があるのは、識見として好尚として未だ至れるものとは云い難いであろう。吾人は現代に超越せざるべからず。しかも兼好の識見と好尚とにも聊かこの憾なしとはしない。

尤もこの謂は兼好の無常感に即する点ばかりを指すのではない。無常感に就てのみならば兼好だけではなく長明も同じ非難を受けなければなるまい。しかし無常感なるものは決して単に時代的風潮ではない。一種の史観であって現実認識の道だからである。いかなる現実家か無常を知らざらむやである。

9

自分は兼好を達人と云い、最高の趣味家(妙な言葉だが)と見るよりも寧ろ、現実の表裏を察知し、人心の機微を剔抉する俊敏な心理家(これも妙な言葉だが意味だけは通じるだろう)と見ようというのである。達人といい最高の趣味家とする在来の見方とは大差もないであろうが、その殆んど同じ事を一歩進めて心理家とはっきり言い直して置く方が、彼の人と芸術とを闡明する上で適切に便宜が多いと信ずるので敢てこの鍵を択ぶのである。

彼は無二の心理家である。その興味の持ち方その洞察の深さ等一切の意味を籠めて心理家という造語を用いる。そうして彼の達見、彼の趣味、彼の自家撞着までをも、自分は鋭敏な心理家の作用に帰してみようというのである。この俊敏な心理家は容易に欺かれない心と眼とを人間の生活と人間性との内面に向けて先ず自らを、他を、個人を、社会を、同じ方法で次ぎ次ぎと観察して行った。かくて彼は、やがて透徹した現実家となった。彼のこの傾向は彼が八歳の少年の頃から夙にその鋭い機鋒を示していた(二百四十三段参照)。仏という言葉にも父という権威にも眩惑されることなしに父の言葉のあやふやさを追撃した彼は、後年耳目に触れる社会百般の現象に対してこの態度で臨んだ。偏見や権威に捉われ屈することなしに実相を剔抉するのが彼の文学精神であった。篇中で彼が敬意を表している人は皆、自由な人と人心の機微に通じた明敏の人とこの二つの型であった。以て彼の精神を知るに足るであろう。

10

心理家は外面の世界に対しても亦優秀な観察者である。一木一草森羅万象、時々刻々の屋内或は外光の世界を独自の観察を以て描破した。

「この世のほだし持たぬ身に、ただ空のなごりのみぞ惜しき」(二十段参照)という「なにがしとかやの世すて人」とは誰しも気づく如く彼自身の仮托的告白であろう。近代の心理主義文学の雄ボードレエルがその散文詩「見慣れる人」で「かの雲を愛す」と言っているのと軌を一つにするのも亦一奇である。まことに晴曇常なく雲影の千変万化する空こそは天地の心の趣でもあろうか。

心理家たる兼好は「月ほど面白いものはない」と主張する人と「なに露の方が風情がある」と抗争する人とを異常に面白いものとしながらも「折にふれれば」何だって面白くないものはあるまい(二十一段参照)と、一切を見る者のその時の心理に帰している。外によりどころのない、一文の利益にも名誉にもならないことに我を張り合うのを面白いと見ているのもさては最後の軍配の上げ方までいかにも心理家にふさわしいのが、ほほ笑ましいばかりではないか。

貪るが如き好奇心は心理家の特徴である。

彼が過去及び現在に対する見聞の博さと広汎多方面に渉る趣味とは、その心理家的好奇心の証(あかし)ではないか。

恋愛は亦、心理家にとっては祭礼であり、仮面舞踏会である。好色は心理追究の闘牛場である。兼好はいかに多く恋愛を愛人をいかにさまざまの角度から描いているかを見るがよい。同じ心理家スタンダールの恋愛論が科学的で「したたかに云い据えた」のにくらべて常に情趣の霞をこめて恋愛論を試みているのも亦古今東西、文学の比較に役立つ資料であろう。

現象を現象としてそのままに観察し享楽するのが心理家の特権である。兼好の虚無感は必ずしも老荘と仏とから学び得たばかりではあるまい。こう考えて来ると、彼の自家撞着も亦、心理家的特質の現れと言い得るであろう。

わが心理の動きを終日凝視しつづけて退屈をさえ享楽しつつ「あやしうこそもの狂しけれ」と嘯(うそぶ)いたこの心理家は、「思ふこと言はぬは腹ふくるる業」の人間心理(それは個人的で同時に社会的な)の健康なものから、心理学に所謂(いわゆる)異常記憶(七十一段参照)やさては群集心理(五十段参照)の特殊な心理現象にまで着目して、全篇二百四十三段に千態万様の人間心理をいみじくもこころゆくまで貪るが如き熱情を以て心にくきまでに描破した壮観は、只(ただ)に一国一時代の雄たるばかりではなく数世紀の後全世界を風靡している心理主義文学の試作的先駆の観がある。亦偉ならずや。

11

兼好が心理家――心理主義の文学者であることは明白である。蓋しあまりに明白であるがために先輩の何人もわざわざ説かなかったのであろう。

唯彼自身一個の心理主義の詩人であったモラエスが日本文学を心理主義文学と断じ去った時、彼が疑うべくもなく一読していた「つれづれ草」をその念頭に先ず浮べていなかったであろうか。断じ難いが、自分は彼の意見を見て第一に思い浮べたのは実に「つれづれ草」の兼好であった。

自分のいうのは兼好の文の一節や一章、一段に偶心理主義文学らしい著しい例があるというのではない。断片的にならら、あらゆる文学にその影のない方が寧ろ珍らしい位なものであろうが、兼好の場合は全く事情が違う。

自分は兼好の文学全般の基調をここに発見し、その文学の全貌をこれを以て律しようというのである。彼の文学は終始一貫、すべて心理家的興味による心理的テーマによって成立した。あらゆる心理現象から心理的に興味のある一般事象として多くの失敗談や、さまざまな笑、狂人、虚言家、泥酔者――これ亦一種の酔漢であり妄想家たる愛人達、が彼の好んだ取材であった理由である。各種の笑のなかでも心理的には最も曲折律の多い悲しい笑や歓楽が忽然として悲哀となる複雑なものが屢々描かれた。鼎（かなえ）を冠って舞う仁和寺の僧（五十三段参照）の如きがその最適の一例である。この種の話柄を彼が好んだと断ずる所以は、話題の豊富なばかりでなく事のこれに及ぶや必ずその筆致に霊彩を帯びて（八十七段参照）篇中の傑出した段はこの種のものと恋愛的場面（百四段、百五段等参照）とを双璧とする観があるのを見るからである。

12

心理家たる彼が自然よりも人事を取材することを好んだのは当然の勢である。否、自然を描く場合に於ても「折にふれれば何ものか」の流儀で、常に人間を通してより外には描かなかった。「秋の月は、かぎりなくめでたきものなり」自然を珍らしく直接に語り出したかと思うと、その月の四季折々に趣の変る由をいう序にここに気のつかぬ「人は、むげに心うかるべし」と話はついここに落ちて行っている（二百十二段参照）のだから厳密には自然を直接に独立して描いた場合は無いのではあるまいかとさえ思われる。それ程人事の詩人たる彼は頗る小説家的手腕に富んでいた。試みに彼が青年期の心理を描いている(百七十二段)を一読することをすすめて置けば説明の労は蛇足らしい。この段など或は兼好自身の青年期の告白などが多分にあるのではあるまいか。そうすると、自分の事を仮托的に語る事ばかりでなく、一般の話のような顔つきで己を語るのも兼好の常套手段らしいと注意して全篇をまた見直す必要もあろう。

13

多方面な趣味を見せている兼好が美術に就てはせいぜい落剝(らくはく)した螺鈿(らでん)の美をいう位で絵画の事は何も言っていないのが絵画を愛好する自分にとって奇異なばかりである。八十一段に絵の事が出ると思ったら拙劣な絵の持主を哂(わら)ったもので、絵そのものの論ではない。彼は音楽に関しては明かに愛好の意を示している。文学者は音楽愛好と美術愛好との二つに分れる傾向があるのを思い出して、兼好も音楽愛好、美術は無趣味の方かと考えて見たが、その描写のなかには可なり豊富に絵画美もあるから、彼の絵画を言わないのはてっきり時代のせいであろうと思ったら、果してこの時代から戦国時代にかけて日本では珍らしい絵画の衰えた時期であるとか。それにしても落剝した螺鈿などの頽廃美や灯火(百九十一段参照)や薄明の美などは惣じて心理主義の美に属していえるであろう。螺鈿の落剥したのや、うすものの表紙の損じたのなどを美とするのはわかるが、不揃のものの尊重など(八十二段参照)彼の美論には時代の侘びしさが大いに働いている点も序に言わねばなるまい。南朝の皇居のさまを記したという説なども、なるほど、亦一説である。

14

兼好の長兄は大僧正慈遍という人で南朝に伺候した人だし、兼好自身も南朝に心をよせ、そこに友人なども居たものであるという。それに就て思い出すのは兼好が師直の艶書代作の件である。これは事実ではないらしいが、心理家たる彼にはふさわしい伝説であり、彼の家集を見ると人に代って詠じた恋の歌が可なりあるのも面白い。それが相手にどんな影響を及ぼすかを見る事の心理家らしい興味はこんな代作も敢て拒まぬであろう。古来議論考証区々たる問題だから一言触れたが、兼好の人格に関すると騒ぐ程の事でもあるまいし、伝説的真実なら十分あると言おう。

15

あらゆる心理現象を取扱ったこの尚古的心理家が、文学に伝統のある「ものの化」を取扱わなかったのも一奇であるが、彼はそれほど理智的な人であったのであろう。篇中唯一の怪異は五条の内裏に住んでいたという化けそこなった狐(二百三十段参照)だけである。これも怪異とは云いながらユーモラスにへんな笑を促すものである。彼の心理主義は神経衰弱性のものではなかったらしい。言わば彼は、豁達(かったつ)な通人、わけ知りなのであろう。

16

連句の独吟を思わせるような様式も、そのニュアンスに富んだ表現の美も、すべて皆、心理主義文学の相貌に欠ける何ものもない。

「つれづれ草」に小説的話柄や手法が多いから随筆集とよりは寧ろ一個の短篇集と見ようとする向もあるらしい。亦一説であろう。というのは兼好が何のつもりで書いたかは判明せぬとしても彼の才能が最も小説家的に表れている上に、小説と随筆との区別もそう確然たる区域があるとも思われないからである。

しかし南朝の蒙塵中の宮殿のさまを描き奉ったのだとか短篇小説集であるなどの異

を樹てるよりも、寧ろそれがあるがままの事実に従ってこれを憎でもなく俗でもない一個異風な老隠棲者の心裡に去来する外界や彼自身の過去の幻像の去来を通してこの時代の混沌たる相が彼の世を経て久しく混沌とした心理に入って更に混沌を映発して幽玄多趣な色彩を落剝した螺鈿の如くに発している二百四十三段の場面と数百人の群集とがこの時代のなかを通り過ぎる一切無常の外は筋のかくされた長篇小説と見ることは不可能であろうか、従来は知らず、今日ジェムス・ジョイスのユリシーズの如き長篇の出現を見て怪しまぬ限りは、この種の途方もない心境長篇小説も承認出来るではないか。作者がどういうつもりでかいたかの詮索ではない。我々読者がどう読むかというだけの問題としてである。全く事実を事実のままに見てそう考えられるのであるがそれでも力負けの奇に失するであろうか。ただ「田園の憂鬱」の作者が老来「つれづれ草」を長篇小説の一体と見たという一事を記して置きたいのである。

17

この幽玄的美論と無常的心情とに充満した「つれづれ草」一篇は日本の文明が純粋に進歩すればするほど国民的典籍として愛好されるであろう。

「つれづれ草」から「方丈記」に目を転ずると、さながら海岸から山中に来たほどに世界が変る。

「つれづれ草」を飽くまで文学的と見ると、「方丈記」の方は幾分哲学的とでもいうのであろう。

「つれづれ草」の享楽的なのに比べて「方丈記」は寧ろ忍苦の影を帯びている。文体も幽艶な曲線的な美に対して同じく流麗といっても、「方丈記」の方は、千変万化の妙を極めたのでなくぐんぐんと直線的にひた押しの一本調子のものに近い。彼は永い年月の間にぽつりぽつりと書かれたのに、是は胸中には久しくありながら筆を執ると一気呵成に成ったというような趣がある。否、製作の時間や時代ではなくやはり文に現れた人であろう。

兼好の描く自然はいつも庭園或は廃園の趣が多いのに、長明の自然は日野の外山(とやま)をさながらのほんの丘陵ではあるが真の自然の感じが多い。それだけ長明の方が野人なのであろう。

兼好の世界には同じ月でもいつもおぼろ月が暈(かさ)を著(き)て懸っているような気がするのに、長明の世界には常に冬の月が冴えているような気がする。

単に文の相違ではない。人の相違でなければならない。

18

兼好をわけ知りの通人肌とすれば、長明は思い返しのない野暮——それも骨頂に近い方であろう。兼好を清マバ以テ纓(えい)ヲ濯(あら)ヒ濁ラバ以テ足ヲ濯フ事を知る君子と言おうなら長明は恨深カラザルハ男子ニ非ズの男子であろう。

事実、兼好が老後伊賀の国見山の麓に最後の庵を結んだ時は、青年時代の愛人中宮少弁の父で、彼等の間を割いたらしい橘成忠が老齢で伊賀に引籠っていたのが、共に昔を語ろうという心で招き招かれてその地に住みついたものらしいのである。長明は彼を愛し給うた後鳥羽上皇が召し給うた場合にも一旦去った和歌所へ帰る気にはならなかったのである。相当の理由も事情もあったではあろうが、つまりは一克者であったに違いない。

19

長明は野暮な一克者であったろう。そこに彼の文学の味も生命もある。兼好に比べて長明は迥に熱情の漢子である。それも、自我に覚めた近代人である。

兼好は自説を述べる場合にも「さる人が言った」と仮託してぼかしているのに、長明の方は第一人称を省略するのを普通とした当時の文中に多くの一人称を入れた。時には改まって「わが身」と切り口上で出ている。漢文からの影響も大にあろうが「人をたのめば、身他の有なり。人をはぐくめば心恩愛につかはる。世にしたがへば身くるし、したがはねば、狂せるに似たり」という程に長明は自我の強い人物なのである。

20

試みに「方丈記」から長明がもっともはっきり自分を語っていると思われるあたりを抜いて見よう。

……われ今身のためにむすべり、人のためにつくらず。故如何となれば、今の世の習この身のありさま、ともなふべき人もなく、たのむべきやつこもなし……夫、人の友となる者は富めるを尊び、ねんごろなるを先とす。必ずしも情あるとすなほなるとを愛せず。

長明は貧困に処してはいても、自ら人情に富んで素直な者と自ら任じて、これにともなう人もたのむべき奴もないのは貧富貴賤によって人を評価し待遇する「今の世のならひ」時代の陋習の罪と感じている。ここに長明の文明批評と自家の矜持とがある。

21

長明は自我の人であるが、その強い自我は社会認識にまで拡張された。そうしてその人情に篤く素直なと自任する性格は彼をしてどんな社会認識をさせたか。彼は清盛が福原遷都に際しては権威の横暴に対して「これを世の人やすからず憂へあへるさま、実に理にもすぎたり。されどとかくいふ甲斐なくて」と民意の蹂躙された憤を洩している。古来の帝都が故なく遷えられたという詩人的懐古趣味から出たものでなく、民意を無視し民に無用の心労や浪費をさせたことに対する憤懣であったのは「ありとしある人皆浮雲のおもひをなせり」にも現れているが「いにしへのかしこき御世にはあはれみを以て国ををさめ給ふ……是民をめぐみ世をたすけ給ふによりてなり。今の世のありさま昔になぞらへて知りぬべし」とこの一条を結んだのでその意嚮(いこう)は更に明かになっている。

尚「車に乗るべきは馬にのり、衣冠布衣なるべきは多く直垂を着たり、都の手振りたちまちに改まりて、只ひなびたるもののふにことならず」。無自覚に風俗を粗野にして新興勢力に追随せんとする輩の不見識を憤っている。

彼の憤は正しい公憤である。

22

天変地異の見聞を描いた条にも長明の「なさけあるすなほなる」性情を見るべき節は尠くない。「又いとあはれなる事も侍りき」と彼を感動させたのは夫婦のうち情愛の多いものが食を他に譲って己先ず死ぬ事、従って親子の場合は親が必ず子に先立ったのに、幼児が死んだ母の乳房にすがっているのがあったのに注目しているのなどはこれを指摘するまでもなくまた格別の解にも及ばないであろうが、同じく養和の饑饉をいう条で、彼が信仰するところの仏像や仏具などを古寺から盗み出し破毀して薪として売ったルンペン達に対して案外寛大な心を示し「濁悪の世にしも生れあひてかかる心うきわざをなん見侍りし」とだけでこの悪行を濁悪の世のせいとしてその罪を社会全般に帰しているのに、「よろしきすがたしたる者、ひたすらに家ごとに乞ひてありく。かくわびしれたる者ども、ありくかと見れば、すなはちたふれふしぬ」と、身分ありげなものが身装をかざりながらも品格を打忘れて乞食に出たのに対してはいかにも用捨し難い口吻である。ふびんに優劣があろうとも考えられないのに、長明は何を恕(ゆる)し何を恕し難いとしたかを窺うに足るもののあるのが面白い。乞食をするにまで身なりを飾る世俗の虚飾と不徹底とに対して長明は痛烈であった。これに比べると必要に迫られて仏像を破毀する如きは認容出来たのであろう。長明の徹底を愛する理想家気質を見ることが出来よう。

23

矛盾を苦にせぬばかりか時にはこれをすら享楽し得たであろうと思える兼好に対比するまでもなく、長明は寸分の狂いをも気にする病的な潔癖家であったろう。徹底的に理想を追求するこの気魄の旺盛に長明の生活と文学との無比のえらさがある。長明は決して妥協しない霊であった。他に対してばかりではなく自己のなかの矛盾に対してもである。

24

「世にしたがへば身くるし。したがはねば身狂せるに似たり」、甘んじて世に順応することの出来なかった彼は、またそのくせ小心翼々として周囲に気兼しがちな不安な性格でもあった。妻子なく官禄もない気安さは終に世俗を捨てて、自我に生きようと決心した。「いづれのところをしめて、いかなるわざをしてか、しばしもこの身をやどし、たまゆらも、こころをやすむべき」。「方丈記」は――即ち長明の身を以て書いた文学は、要するに人はいかにして安静なる生を得べきかをテーマとした人生のための文学であった。これに比べると「つれづれ草」の方が芸術のための芸術の色彩が多い。否、「方丈記」ほど人生のための文芸はわが文芸史上には稀なものであろう。

25

「方丈記」から長明が「五十ぢの春を迎へて」出家以前の身の上を直接語っているあたりを試みに抄録して見よう。――

（一）「わが身父かたの祖母の家をつたへて久しくかの所に住む。其縁かけて、身おとろへて、しのぶかたがたしげかりしかど、つひに跡とむる事を得ず。三十ぢ余にして、更にわが心と一つの庵をむすぶ」

（二）「すべてあられぬ世を念じ過しつつ、心をなやませる事三十余年なり。其間をりをりのたがひめにおのづから短き運を悟りぬ」

とほんのあっさり抽象的に訴えているだけのものである。（一）などは引歌のかげにかくれて殆んど何も告げてはいないが、「身は落莫して世を忍び、事毎に忍堪すべき事情の下に思ひ出多き家を手放した」とも解き得る「しのぶ方々しげかりしかど」の一句など現代作家なら「方丈記」全篇の二倍或は三倍の量を書き立てて必ずしたたかに言い据えずには措かないものがあったろうと想像されるのに、まるであっけないばかりである。無論時代の相違も多いが、区々たる一家の私憤に拘泥せぬ作家の心得も看過出来ない。長明はややもすると世人が誤認するかも知れないような低俗な小不平家ではない。俊成が「千載和歌集」を撰んで僅に長明の一首を採ったのを傍人が慰めると、長明は無才のアマチュアとして無上の光栄であると他の庸流の多く採られた事などは問題とせず他意なく満悦していたと伝えられる長明の雅懐も理解出来、英邁の天資を抱かせられた後鳥羽院が長明を愛せられた所以も思い合されるではないか。しかしこんな末葉は長明の真価を論ずるに何の要もない。

26

それがどんな事情であったかは明かでないが、一族の間に生じた問題を機縁として「かりの宿」にしかすぎない住宅の問題などに心を労するの愚に気づいた長明は、祖母から伝えられた家をさすがに名残惜しく見捨ると、前の十分の一ばかりの僅に居室だけの小家を町はずれに自分で経営したがその後二十年を経て妻子も官禄もない身の身軽に出家して大原の山中に帰臥してここに五年暮してから、壮年時の小家の百分の一にも及ばぬ方丈を結ぶに至った。この二十余年の間に住宅無視の彼の思想がこれだけに貫徹されて来たのである。唯(ただ)住宅の無視だけではなく、この方丈の生活に追々と彼が生き方も徹底して来た。「ふぢの衣あさのふすま、得るにしたがひてはだへをかくし、野辺のをはぎ、みねのこのみわづかに命をつなぐばかりなり」、極度の粗衣と粗食とに満足して、「おのづから都に出でて身の乞匃(こつがい)となれる事を恥づといへども、かへりてここに居る時は他の俗塵にはする事をあはれむ」のであった。対人関係に於ても時代の陋習に鑑み、身の貧賤を省みて到底理想的の友人や奴婢の得られないのを自覚して孤独に甘んじ「糸竹花月を友とし」「只わが身を奴婢とするにはしかず」と観じた。「今一身をわかちて二の用とす。手のやつこ、足ののりものよくわが心にかなへり。心、身のくるしみをしれれば、くるしむ時はやすめ、まめなればつかふ。つかふとしてもたびたびすぐさず。物うしとても心をうごかす事なし。いかにいはんや、つねにありき、つねにはたらくは養性なるべし。なんぞいたづらに、やすみをらん。人をなやますは罪業なり、いかが他の力をかるべき」と労働の喜びを述べて傍奴婢を遇すべき道にも説き及んでいる。

既にこの心境を得て山中閑居の快適を得た。

27

長明の生活は既に極度に切りつめたものになったように見えたが、それでも天成の詩人たる彼が天賦に原づいて兼好が所謂「空のなごり」を惜しんで目前の美景をあわれみ、また天性によって折琴継琵琶を室内にそなえ置いて偶松籟流泉の興に誘われては、これを取出して他を煩わす事なく悠々自適した。この点、長明も亦単純に禁欲的な克己派と区別されるもので、兼好の同類として言わば日本的エピクュリアンと呼ばるべきであろう。そうしてこの境涯は現象を現象として看過し得る兼好の天性には最も適したものであったろうがより理想家であり、又飽くまで人生派で、不安の時代に不安定な性格を与えられて一切の妥協を肯んじない霊を抱いた長明は真にこの境涯に安住し得たであろうか。何かの不徹底を感じないですんだであろうか。

28

兼好が安住の境も、果然、気の毒な長明を遂に安住せしめるには足りなかった。彼が山中の景色の楽しむべきを欣然と語りつづけて既に獲麟に及ばんとするに先って忽然と筆を意表の外に転じた。

抑一期の月かげ以下の一節を指すのである。

この末段の一節をよくよく注目すべき事に舟橋氏がいみじくも着目した。「方丈記」は八頭の大蛇の如く実にその尾に宝剣をひそめていた。この点「阿弥陀経」と同工異曲である。

この一節は実に長明がその信ずる真理のために自己を拷問台に引き据えたもので文は層々として痛烈を加えている。燃ゆるが如き熱情を以て自己の安易な生き方を鞭撻しつづけた。この激しい気魄を以て衷(まこと)に自らの正義を憑(たの)む彼を世俗も彼の一族もてあましたのはさこそと思いやられるばかりである。一見多情多恨世に拗(す)ねた弱々しいひねくれ者のような長明は実は無垢な荒魂を抱いて狂うが如き巨人であった。可驚片々僅に弐拾参枚(!)に満たぬ小品の不朽の雄篇たる理由である。

複雑に蛋白石のような光輝を放つにぎ魂なる兼好は能(よ)く江戸時代の文学を指導した。

今、不安の時代と呼ばれ個性の圧迫に悩む現代の知識階級に向って長明の荒魂が教える何ものものもないであろうか。

鴨長明と西行法師

藤原氏の勢力も道長を絶頂として追々と衰運に向うと同時に、初めは藤原氏の支配の下に藤原氏の勢力を武力で支えていた源平二氏が擡頭してこの二つの豪族の私闘が天下を戦乱に導き、遂(つい)には平家が藤原氏に取って代って権力を振うに至った。保元の乱、平治の乱などの不祥事がつづいて起った時代である。政治の権力が貴紳から武家に移動しようとする大転換期の社会の動揺は民衆の生活を劫(おびや)かし心ある人々の思想を目覚めさせたが、この大転換期の動揺不安を最も痛切に身を以(もっ)て味った芸術家は西行法師と鴨長明とであろう。この全然違った性格の二人の上に同じ時代が反映し、それに対して二人は全く違った二人の生き方(それの現われが芸術であるが)を示している。

西行法師は俗名を佐藤義清(のりきよ)(憲清とも又則清と伝えた書もある)といい、その先は藤原房前に出て、九世の祖に俵藤太秀郷があり、義清の曽祖父公清に至って佐藤氏を冒した。祖父季清、父康清はともに衛門大夫である。母は監物(けんもつ)(中務省に属して大蔵・内蔵等の出納を監察し、諸庫の管理を掌(つかさど)った職)源清経の女である。要するに彼は本来が武門の由緒正しい名家の出である。それ故、彼が当時の習慣で、十五、六歳の年少で社会に出た時は、時の権大納言徳大寺実能の随身となった。徳大寺家は藤原北家の流、当時宮中にも勢力のあった名門で、義清は父祖の代から徳大寺家と縁故があったのであろう。義清は後に徳大寺家からの推挙と自身の希望であったろうと思うが、宮中に仕えて　鳥羽天皇の北面の武士となり、従五位、左兵衛尉の官にあって弓馬の誉れが高かった。それが二十三歳の若さで出家して法名を円位といい、大宝房、又は西行と号した。歌も出家の以前から嗜みがあった。

彼の出家は世人には思いがけないものであったが、彼としてはその志は尠くも二、三年前から萌していたのであろう。ただ出家の原因とも見るべきものはあまり判然とはしない。今判らないばかりではなく当時から当人の外は本当には判る筈のものではなかったし、当人がそんななのに加えて、天変地異の頻りに起ったこの時代には、この機を利用して新しく家運を開こうとする源平二氏の武士や、また新しい宗旨を創めようと心がけていた良忍・源空・栄西等の傑僧ぐらいのほか一般にはみな厭世、退嬰、保身に傾くのが当然で、まして聡明敏感な佐藤義清に於ては尚おさらである。義清は平々凡々な一般人よりはもっと強くこの時代の空気に感ずるところが多かったというのにはこれでいいが、しかし母を源氏の一門に持つ若く勇ましい武人義清であり、また出家を志したために　鳥羽上皇には、義清の才を愛し給うてその志を翻えさせようと検非違使に任命するとの有難い思召で諭し給うたのをさえ固辞した（というのもやはり伝説であるが）ほどの義清が、良忍等の如き傑僧と同じく積極的な生き方にならなかった理由を先ず説明してかからなければなるまい。この転換期は一般普通の人々には厭世を感じさせると一緒に、或る種の人物には却って勇み立った生活力を与える時代でもあった。そうして佐藤義清は家柄といい才能といい、寧ろその時代の或る種の人物にこそふさわしいくらいで、一般人並みに厭世出離したのこそ却って不思議である。自分は義清の出家の理由としてふるくから多く伝えられているという一般厭世説なるものには決して賛成出来ないばかりか、この説には前述のような矛盾をさえ感じて佐藤義清という非凡な人材が平々凡々たる人並みのただの厭世であったのか、何か特別の理由があったのか、それとも義清は格別非凡な人材でも何でもなかったのかなどと考えさせられるのである。

自分はその歌を通して西行法師の人柄を見るに、湧きあがる泉のような熱情を持って孤高の境涯を楽しむ一種高邁な気性の一面に子供らしく天真爛漫に人なつっこいところのある並々ならぬゆかしい人物と思うが、その人柄の魅力となっている重要な部分は権勢や名望など区々たる世俗一切のもののためには一生を捧げないという凡俗を超えた風骨を持った、生れながらの詩人であったと思える点にある。世俗との交渉による約束を煩わしく思う一種ものぐさにゆったりとした気風はその歌のしらべのなかによく現われている。しかし彼の骨組みの逞ましげな精神は彼の純粋な心に触れたものには喜んで奉仕し、自分の志した道のために殉ずるだけの気概と志とを感じさせるものがある。彼は仏の教えの道、法(のり)(天地を支配する大法則)の道には帰依しても仏教という在来の形式には格別かかずらわない図太い不埒なところも少々はあるらしい。天成の詩人という外に、さすがに武門の子らしい豪傑風なところはその遺伝や新時代の勃興する階級の気風を反映しているのであろう。これは彼の歌柄(うたがら)の大きさに現われている。こう考えて来ると彼は世俗一般の凡々たる厭世家とは大に毛色が違うが、又ただの高僧や武将というものとも少々違った肌合に見える。こういう太々しいそれである純粋な人間に相当した出離の理由を見つけ出さないでは、問題はどこまでも解決しにくい。

恋愛を原因と見る説は相思の人があったのに相手の境遇上結婚の出来ないのを悲観したのであろうと想像したもので、これもふるくから行われている説であるという。

あまり通俗な小説風の想像ではあるが、青年佐藤義清を考え、またその歌集中にこれを思わせるに足るものを幾つか見出せないわけではないから想像だけは十分成り立つものではあるが、さてその想像を裏書きするだけの事実を求めて適当な女性を彼の交友中から見出そうとする段になると終につにこれを発見し難いというから、これは風像として終るべきものであろう。なお川田〔順〕氏は西行は独身であったという意見で、妻を突きのけたとか、娘の子を縁側から蹴落して家を出たとかいうのは、やはり通俗小説風の伝説だとしている。

一般厭世説や恋愛説にくらべると、政治原因説というものは説そのものも筋道が立っている上に、自分にとっては自分の解釈している西行という人物にも一番似つかわしい説と思われて興味ふかく同感をおぼえるものであるから、その意見を要領よく説明している川田氏の文を次に引用させて貰おうと思う——

西行は元来、鎮守府将軍秀郷の血統に属する武士佐藤義清であった。鳥羽院の北面、検非違使をも望めば望み得る門地であった。その一門は朝廷、後宮にも出入して、京師に於ける一実力であった。加之のみならず、その同族は佐藤と称し、大友と称し、小山と称し、下河辺と称し、その最も雄なる者は平泉に城郭を構えて奥羽を知領していた。佐藤一門同族の武力と富力とは、実に新興の対抗勢力なる源平二氏の間に介在して、決定投票を握っていたとも観られるのではなかろうか。且(か)つ西行は、老齢の後、鎌倉営中で弓馬の道を説いた程の男、もしも武人として立つならば、頼政や清盛ぐらいの戦争は出来たであろう。従って永く俗界に居たならば、将来予想し得る動乱(保元乱・平治乱)の渦中に巻き込まれざるを得ない。殊に西行は崇徳院の寵遇を忝(かたじけな)うし、彼もまた院に深く御同情を寄せ奉っていた。出家前後の作と推定されるところの、

善悪(よしあし)を思ひわくこそ苦しけれ唯(ただ)あらるればあられける身を

(「なまなかに思慮分別などというもののあるのが苦労の種である。何も知らないなら知らないでもすませられるものを」というくらいの意味)

呉竹のふし繁からぬ世なりせば此君(このきみ)をとてさし出でなまし

(「こうさまざまにこみ入った事情のない世の中でさえあったら是非とも此君を上に頂いて

お仕え申し上げたいと思われるのに」という程の意味。此君というのは竹の異名だから歌も竹の縁語で仕立ててある）

の二首の如き、明かにその心境を物語っている。明哲保身と云ってしまえば浅薄に聞えるが、彼は性格上、政治のうるささに堪えられなかった。こうして保元に先だつこと二十六箇年、浮世を振り捨ててしまったのである……。

という。引用文中の（　）のなかは筆者が少年の読者のためを思っての蛇足であるが、同じ心持から保元の乱に対する西行の立場を説明してみると、本来、保元の乱は朝廷の後宮待賢門院派と美福門院派との勢力争いに折をねらっていた新興武門が割り込んで持ち上った事件であったが、義清は待賢門院派にも美福門院派にも従来から交誼があるうえに、身は源氏の一族ではあるが、源氏にしろ平家にしろ武門の権力が朝廷に進出する事を悪いとし、又事前に早くこれを察した彼は大義や義理人情、従来の行きがかりなどさまざまに思い悩んだ末、

「善し悪しを思ひわくこそ苦しけれ……」と詠み出で、しかも大義を「呉竹のふし繁からぬ世なりせば……」と知りながら大義に順う理想と現実との間にきっぱりと身

を処しかねる気の弱さや、何か複雑な事情などが伏在して煩悩を深めたのであろう。「案ずるより産むが易い」で、事が目の前に起って来れば決然ときまりのつく事も、事前に考えるとなかなか面倒なのが常だから、義清はままよとばかりきれいさっぱりと何もかも捨てたが、大義に邁進しなかった事はさすがに後々までも悔やまれたらしい。保元の乱の直後には、

かかる世に影も変らずすむ月を見るわが身さへ怨めしきかな

と歌い、また

他年高野山にての作

しをりせでなほ山深くわけ入らむ憂き事聞かぬ所ありやと

は、平治の陰謀を、その直前、自分と深交ありし信西一族中の何人からか漏らされての感慨に相違ない。云々。

と川田氏は述べているし、藤岡作太郎博士の西行論にも「崇徳上皇の御一生は西行

の半生に苦悶の情を断たざらしめ」とあるという。その他、古来から近来までの研究者の一部にはこの論者も尠くないらしい。「雨月物語」に白峯を書いている上田秋成も、おおかたこの論者なのであろう。同じ意見の人が多いのは頼もしい。これを重要な原因として、あとの諸説を附随させても何らの差しさわりも生じまい。二十年、三十年後の社会状勢を見抜いた眼力はえらいものであるが、これとても急に思いがけない方向に変動したのではなく、最初の萌芽がだんだんにのび育って行くのを見ただけの事だから、不自然なほどえらすぎる事にはなるまい。

自分は崇徳上皇と西行法師とを考えて、惟喬（これたか）親王と在原業平とを思い浮べた。同じく武人であってすぐれた歌人たる業平と西行法師との聯想は決して偶然のものではあるまい。義清が俗界を遁れ出た時、西行は普通の修道者でなく日頃嗜んでいた歌の道に精進しようと思い定めた時、自分と立場の似た業平を思い出さなかったろうか。そうして業平が関東や奥州の方まで我を忘れて辿（たど）って行ったと書き伝えられるあの境涯に身を置いてみたいような気がしたのではあるまいか。これはほんの自分の想像である。「意余りあって言葉足らず」と云われる業平の歌と玲瓏として流麗な西行の吟詠とは似ても似つかぬ姿をしているが、この姿は時代の相違である。ともに熱情の泉から自ずと迸り出た歌という点では同じである。人柄の似ていることや西行が業平の歌に共鳴してこれに学ぶところが多かったであろうと想像をもう一歩進めてみて、西行の生活態度を業平のものから指示されたのではないかと考えるのである。業平が人間の愛情の世界で陶酔境を見出そうとしたのに対して西行は人間を逃れて自然のなかに陶酔境を求めたところには勿論大きな相違はある。けれどもただ口さきからではなく、いや肚の底から歌を詠むだけでも満足しないで、その生活の全部を、一生涯を歌にして生きようという気持は、業平も西行も、又西行を手本にした芭蕉などもみな同じ事である。世間普通の言葉で云えば「立派な男一疋が歌や俳諧のために一生を棒に振った人」であった。ただ歌や俳諧の名人上手というのとは少々わけが違う。これを一つの道としてその道に生きて悔いなかったのである。ここに彼等の真価と真骨頂とがある。芭蕉が「この道や行く人なしに」と吟じたあの同じ道、風雅の道である。大丈夫が一生を賭すべき風雅の道へ慰み半分で迷い込んだり、さてはそれで富貴栄達の人間慾を満たそうとする風雅株式会社社長なみの近代文士型は国家にとって有害無用の穀つぶしであるばかりでなく、又実に風雅の賊としてその罪は二重であろう。詩文を喜ぶ若き人々は、ここに心すべきである。

西行が晩年自分の歌に関して年少の一友に語ったと伝えられる「わが歌を読むは遥に尋常に異なり」とか「我亦(また)この虚空の如くなる心の上に於て種々の風情を色どるといへども、更に蹤跡なし。此歌即如来(仏)の真の形体也。されば、一首よみ出でては一体の仏像を造る思ひをなし、一句を思ひつづけては秘密の真言を唱ふるに同じ。我此歌によりて法を得る事あり。もしこれに至らずして妄(みだ)りに此の道を学ばば邪路に入るべし」という言葉は、西行が自分の芸術を説明したものとしても、年少の友に芸術がただのなぐさみごとでない一つの道である所以(ゆえん)を述べたものと見ても面白い。

こういう芸術観を持っていた西行は、この風雅の道に立って自然と芸術と仏教とを一体とする独自の歩みをはじめた。

日本の芸術は自然の礼讃からはじまると云われている程であるが、西行の場合は自然の礼讃だけでは満足出来ないで自然のなかへ人間が溶け入ってしまったともいうべきで、彼の月と花とに対する愛着はこれを以て妻子や愛人に代えて悔いなかったろうと思われるばかりである。自然の愛好は高貴なわが国民性の一つであるが、花鳥風月が人間生活以上に吟詠の題目として喜ばれるに至ったのは、平安朝最後の中国文学流行期の一影響であろう。この影響を日本人本来のものに結びつけて独自のものに消化した有力な功労者として西行などは第一に思い出される人である。

自然と芸術と仏法とを三位一体とみた彼にとっては、花や月の讃歎が称名にも読経にも等しい事柄であった。西行の詩的生涯はその信仰生活を度外視しては了解出来ないが、ただの仏法帰依者でなかった彼は、一宗一派に偏し囚われないで最初は天台の道を学んだが、つづいて念仏浄土の教にも、又真言の宗旨にも共鳴したばかりか、その信仰は仏ばかりでなく神を敬することも亦篤かった。それ故彼は弘法大師を追慕して高野の山中にも久しく留まったが、また大廟や三山を深く敬信して伊勢・熊野の間にも時々往来している。

西行には旅の歌が多い上に古来の伝説は西行を行脚の乞食法師か何かのように伝えて生涯を草枕のなかで過した人のように思わせているが、事実は伝説と少々違っている。彼は出家の前からも近畿の地、難波・住吉・奈良・初瀬・高野・熊野・伊勢あたりは歩いていたろう。出家の後は修行のためでもあろうが、当分京都の近くの山にいて、出家してから三年目の二十六歳の春の暮になって初めて伊勢に行って山田・二見のあたりに暫らく滞在した後東海道をくだり、白河の関の秋風に吹かれて平泉に基衡・秀衡を訪うた。相手の人柄を考えたのち、業平の東下りを思わせるような方面に最初の旅行を企てたところを見て、自分は西行は業平の讃美者と思いはじめたものであった。西行はまた弘法大師の崇拝者でもあり、当時の高野にはすぐれた僧が多かったためでもあろうが、三十以後六十ぐらいまでは度々高野に行き、高野を中心に生活している。無論修行のためであろう。平治の乱も高野で知った。保元の時も同じであろう。大峯修行や熊野那智の参詣なども高野から出たらしい。三十五のころ、安芸の厳島明神に詣でている。五十の歳、まず賀茂の神社に参詣し、その後で四国へ志し、備後の児島から讃岐に渡って崇徳上皇の白峯御陵を拝し、善通寺に弘法大師の遺蹟に詣でた。年末には九州の一角まで行ったらしい。六十一、二歳の冬、深い雪のなかを京都を出てまた高野に入ってしばらく滞在していたが、六十三歳の春、高野を出でて熊野新宮から伊勢二見に向い、六十九の秋の初め奥羽の旅に出るまでは伊勢の庵室にいた。頼朝の挙兵や木曽義仲の滅亡などを西行は伊勢から見ていたわけである。この老齢で奥州までてくてくと歩いたのは、さすがに武道で少青年時代を鍛えた体力を思わせるものである。この旅は東大寺の寄附勧誘のために平泉に秀衡を訪う目的であった。

さよの中山では若い日の同じ道筋の旅をそぞろに思い出して感に堪えず、

年たけてまた越ゆべしと思ひきや命なりけりさよの中山

といい、また富士の峯を仰いでは、

風になびく富士の煙の空にきえて行方も知らぬわが思ひかな

などの絶唱をのこして後、鎌倉に来て「文治二年八月十五日に鶴岡八幡のあたりを歩いているところを、偶然参詣に来た頼朝の目にとまった。見るから只(ただ)の法師ではなかったのであろう。頼朝は梶原景季に命じてこの僧を何者かと問わせると西行であるという事が判ったので、頼朝はお詣りをすませると西行と連れ立って帰ったが、頼朝はそのまま自分の処へ招せ寄せて対談をはじめ、武道や歌の話などをいろいろと問うと、西行は答えて、武道の事は以前多少は家に教えを伝えたものもあったけれど、出家と同時に祖先秀郷以来九代の間、家重代伝えた兵法も焼き捨て、何しろ罪の深い事、出家の道には妨げのある道であるからすっかり忘れてしまった。歌はほんの、花や月をながめて心に感じただけの事を三十一文字(みそひともじ)にするだけのもので、奥深いところは何も知らないから申し上げられないが、折角のお仰せ付けではあり、お答え申し上げないのも失礼であるから、弓道・馬術の事でもお話申しましょうというので、筆記する者をやると夜もすがら話した」

と鎌倉幕府の日記「東鑑」に見えている。同じ「東鑑」の十六日の記事には「午の刻西行上人が退出しようとするのを引きとめたが、西行が聞き入れそうにもないので、頼朝は銀作りの猫を出させて引出物に贈らせた。西行はこれを拝領したが、門外で遊んでいた赤ん坊のおもちゃにそれを投げ与えた。西行は重源上人に頼まれて東大寺造営の費用の寄附勧誘に奥州へ行く途中で鶴が岡へ巡礼したのだという事であった。陸奥守秀衡入道は西行の一族である」とも書いてある。ところが、その後まる三年と五日を経た文治五年八月二十二日の記事によると、頼朝は雨中を前日攻め落した泰衡の平泉の屋方へ行って見ると、主は落ち延び、屋方は火をかけられて数代の城は煙と化し、あたり数町の焼け跡の広っぱには人影も見えないで、荒涼たる風景のなかをただ秋風が吹き渡るところに、西南の隅に焼け残りの倉が一つあったので、頼朝は葛西三郎清重と小栗十郎重成に命じてこの倉の中を検分させると、唐木（紫檀・黒檀など）づくりの厨子が数個あって、そのなかには、牛玉・犀角・象牙の笛・金の沓・金づくりの鶴、その他瑠璃や玉の細工物、精巧な織物などの間に銀づくりの猫があったという。頼朝が鎌倉で西行に与えたのと同一のものかどうかそこまでは判らないが、西行が門前で子供のおもちゃにやってしまったものを平泉へ手土産に持って来たのではないかという疑いも起るわけである。伊勢から俊成のところへ浜木綿(はまゆう)を送っている例を見ても、こまかいところへも気のつく人物で、お寺の寄附の勧誘を頼まれたのからして世俗の才なしでは不向きな役目である。これを人が頼み、人から頼まれるだけの相当な俗才もあった人物なのであろうと考えてくると、銀づくりの猫の手土産もありそうな話ではあるまいか。

西行は平泉に着くとすぐ鎮守府将軍秀衡の館に引き取られて客となったが、十月十二日着くと即日折からの雪をものともせず衣川の砦(とりで)を一見した西行は、

「河の岸に衣河の城しまはしたる事柄、やうかはりて物を見る心地しけり」(川の沿岸にかまえた衣川の城は、風変りで、いい見ものを見た気持がした)と書き残っている。「物を見る心地しけり」というのは「目にものを見せてやる」などと同じような言葉遣いで、見るに値するのを見て満足したの意であるが、花鳥風月の外に見るものを知らぬ風流人や、ただのおいぼれ法師の言い分とはさすがに違って、鎌倉で総追捕使を相手に夜もすがら弓馬の談義をして来ただけの事はある。

山伏姿に身をやつした義経主従が平泉に落ちて来たのは、ちょうど西行の秀衡館にいた当時になるらしいが、秀衡は頼朝にかくしている落人を人に会わせる筈もないから西行と義経とはここに落ち合いながら結局顔は合わさなかったのであろう。西行は流罪でここに来ていた南都の僧と中尊寺に会談したりなどして日を送っているうちにその年も暮れて、

　常よりも心細くぞおもほゆる旅の空にて年の暮れぬる

と心細がって七十になった。その春は平泉の対岸の束稲山（たばしねやま）の桜を見て吉野以外にこんな桜があろうとは思いがけなかったと讃美し、もっと奥へ行ってみたくなったとも詠んでいるが、出羽の国の滝の山という寺で、普通の桜より薄紅の花の色のをめずらしがった。象潟（きさかた）で秋の月を見たような歌もあるが、果して象潟まで行ったのかどうかは知らない。

この前年、西行は定家に勧めて二見浦百首を、隆信・寂蓮・家隆・公衡等（みな当時の有名な歌人）に勧めて伊勢百首を詠ませた事があったが、西行自身は平泉の旅から帰ると、自作の歌を二首一組に三十六番に編んで「御裳濯河（みもすそがわ）歌合」と名づけた一巻を俊

成に送って判を求め、つづいて宮河歌合一巻(これも三十六番)を俊成の子定家に送って判を求めた。西行七十一歳の春、桜の歌を多く詠んだなかに、

願はくば花の下にて春死なむその二月(きさらぎ)の望月(もちづき)の頃

と詠んだものがあったが、文治六年、西行七十三歳の二月十六日、河内弘川の山寺で示寂した。西行の墳墓と伝えるものが現在も同寺の山中にあるという。

要するに、西行はやろうと思えば何事をもやれる才能と力量と地位とを持ちながら、いやその故にこそ、複雑な世相に身を処し難く感じた末、世の中の何物をもみなつまらぬと思い捨てて後は一個の自然児として自然のなかに融(と)け入って旅を人生の修行とし、歌詠を称名にかえて世を逃れた一種の豪傑であった。伝説によると文覚(もんがく)が日ごろ西行の態度を苦々しく弟子たちに語って法師のくせに修行にも身を入れず歌などを詠みちらす生法師(なまほうし)は見つけ次第殴りつけてやると口癖に言っていたが、或る時西行が宿を求めて文覚の庵へ行くと、文覚は宿を貸したばかりか、日頃の言葉を思い出して気を揉んでいる弟子たちが意外に思うほど二人は楽しげに語り合っていたので、西行がかえってから後、文覚の弟子がその事を文覚に言うと、

「何をいうのだ。お前たちあの面だましいを見たろうが、西行が文覚づれに殴られる坊主だと思うか」と答えたという。この話は事実ではないにしても面白い。

歌は天真爛漫に思い邪なくまごころの迸るままを歌い出したもので、わかりやすい言葉ですらすらと詠み捨てて生涯に二千首以上も作って玉石混淆を厭わぬ放胆さであるが、見かけの何でもないような様子にも似ず細心な用意があってまことに玲瓏と格の大きなものである。西行の歌のいいところはその時代の他の作と読みくらべ、読みなれるに従って益々味のふかくなるものである。一種豪快ともいうべきしらべで、あわれな事を事もなげにすらすらと歌っているところに不思議な魅力といきいきとした美しさもある。しかし総じては西洋かぶれのした神経質な現代人には判りにくいよさかも知れない。それほど彼は純朴な古代の人の心を持っていたのである。人並みの世才や俗才を持っていた上にそれを圧倒するだけの力強い大きな詩才をもって出来たのが彼の歌であった。

同じ時代に同じように世を逃れた文学者でも、鴨の長明となるとまた西行とは境遇も性格も従って考え方もみな違っている。

鴨長明が出家の原因も西行のものにくらべるとずっと単純である。西行の場合の一般的厭世のうえに一身上の小さな不平不満が加わって長明は世を拗(す)ねたという形である。西行が詩歌の世界に出て世を超越したのにくらべると、形は似ているけれど長明は型がずっと小さい。小さいだけにもっと別種の美しさの感じられるものがある。長明は決して西行のようにえらい人ではなかったろうが、もっと可憐にいじらしい理想家であった。才智・誠意・潔癖、正しい事を正しいとし、信ずるところを実現せねば措かない人物であった。またこれを伝えるだけの値はあろう。

鴨長明(かものながあきら)(普通チョウメイと呼ぶがナガアキラが本当らしい)は、下鴨、賀茂御祖(かもみおや)神社、河合社(ただすのやしろ)の禰宜(ねぎ)長継(ながつぐ)の子である。長明の曽祖父、祖父等は氏人(うじびと)を代々の家職とする家柄で、神官としてはあまり格の高い家ではなかった。父の長継が才能のある人で神典などにも通じていたというから特に兄を越えて家を継ぎ、また禰宜に昇格したものであったらしい。長明は応保元年という年、七歳で従五位下に任じられている。この幼少の叙爵の御沙汰のあったのは彼の祖母がお仕え申していた中宮にお願いして何かのお祝の折に愛孫のために位を請うたのだろうといわれているが、根拠のない説で、むしろ神社の御遷宮の時、神職の子息という資格で位を賜わったのであろうという説(これも想像説ではあるが）の方が本当らしい。長明はこの頃から菊大夫と呼ばれたらしい。そうして彼が一身の前途は洋々たるものに見えていた。けれども世相は彼の幼少の頃、保元、平治の二つの乱を始めとして日に日に悪くなって行っていた。彼はまだ物心もつかず、いかに早熟としてもそれを批判したりする力のないほどではあったろうが、時代の空気は意識の底へ深く沁み込んでいたに相違ない。すべての人にとって同様であるが、特に芸術家の場合、ものやわらかに感じやすい心情に受けとった感銘は意識下にあってその一生を支配する大きな力になるものである。まして長明の場合は世相の険悪が日とともに加わったばかりか、天もこの時代に反省を促すかの如く天変地異など非常の事が多く生じた。長明が晩年になってその生涯を回顧して書いた「方丈記」のなかに四つの災害として記されている異変は――

安元三年（一一七七）　長明二十三歳　四月二十八日　大火。
治承四年（一一八〇）　長明二十六歳　四月二十九日　大風。
養和元年（一一八一）　長明二十七歳　飢饉。後二年ほどつづいた。
元暦二年（一一八五）　長明三十一歳　七月九日　大地震。
福原遷都、諸国源氏の勃興、平家の滅亡もこの同じ十年ばかりの間の出来事であった。これ等の事どもはみな聡明敏感な長明に諸行無常、有為転変の理を教えるに十分であった。この天下国家の重大事変の間にあって長明一個の身の上などは何でもないようなものの、長明は二十六で福原の新都に旅行して新興武家を見ならって狩衣を好み車をすてて馬に乗る貴紳に過渡時代の風俗を不快とし、未完成の新都の混乱に対して清盛の横暴に憤りを感じた。その旅から帰るとすぐその頃まで読みすててあった詠草を一まとめにして長明歌集一巻を編んだ。彼が父を失ったのも歌集の出来る少し前ぐらいの事らしい。それとも父を失った悲しみと父の歿後に萌した家族間の不快な気分を避けて福原へ旅をしたのであったかも知れない。ともかくも長明の父の死も凡そ同じ頃で、彼の二十六、七の時であった。

　父の死は長明の一身に大きな打撃を与えた。その悲しみは勿論であるが、今までの順境の生涯が一転して逆境に立った。というのは、この時に当って長明は祖母から伝えて久しく住み慣れていたなつかしい家屋敷を人手に渡さなければならなかった。「方丈記」には「わが身父かたの祖母の家をつたへてひさしくかの所にすむ。その後縁かけ身おとろへ、しのぶかたしげかりしかど……」と手短かに書いているだけで事情は記してないから想像する外はないが、父の長継が長男でなくて家を継いだ日にその遠い原因があったのではあるまいか。もしこの想像に誤がないとすれば、文学青年長明は父の歿後伯父の一家から邪魔ものあつかいにされたのかと思う。後年長明が社の禰宜の地位を望み既に推挙もあったらしいのに、これに反対しかえって自分の二男祐頼を補任したという惣官祐兼。また長明が、

石川や瀬見の小川の清ければ月も流れをたづねてぞすむ

と詠んだ時、鴨川の実名瀬見の小川は長明が賀茂社縁起をしらべて詠んだものであったが、人々がこれを知らなかったので一座には通じなかった時、

「このような重大な事は、たとえば国主大臣などのおん前のような場合にこそ持ち出すべきでこんなちゃちな歌合(源光行の主催した賀茂社歌合)などで申すべきではない」

と非難したという禰宜の祐兼。この祐兼という人が、もしや長継の兄祐直の子ではあるまいか。想像をすすめて、祐兼が父祐直の権利を主張して長継の歿後、長明と家督を争ったのではあるまいか。その結果として長明の相続すべき家屋敷も、禰宜の地位も祐兼に移ってしまったのではなかったろうか。家屋敷はともかく、禰宜の地位は長継がその才能によって家代々のものを昇格したのだから、長継のものである。長明

に伝えるべきで、それ故長明もこれには後年まで執着していたのであろう。

従兄弟同士の利益をなかにしての争いに当って、長明は利益からは超越したとしても、父や祖母に対するなつかしい思い出をふみにじられるに堪えない気持があったに違いない。前に書いた「方丈記」の一節にはそういう心持が言外に溢れている。父の死の悲しみにつづいて一族の間に起ったこんな醜い争い事にさんざん気をくさらせて、長明は一時はいっそ父のあとを追うた方が増しであると自殺をさえ考えたらしいが、同好の先輩でこれを慰め励ます人のあったお蔭で、せめては好きな道の、文学か音楽に精進して身を立てようと方針をきめた。この際西行の事なども念頭にあったろう。また自分の心を悩ます家屋敷や社会的地位というような世俗の観念に心を煩わすこんな愚な心の囚われから逃れたいというのが長明のこの時の決心であった。そうしてこれをいつまでも忘れず一途にどこまでも押しとおして一つの人生観として道を求めたのが長明の一生である。

父の死後五年ばかりしてまた一つの事件が長明の身の上に起った。長明は音楽を愛して琵琶や琴を学んでいた。殊に琵琶は楽所預中原有安という人について習って師にも才能を認められていたのに、未だ楊真操(ようしんそう)・石上流泉・啄木の三つの奥許(おくゆるし)を完全に受けないうちに師匠が歿した。さて、或る時、長明は賀茂の奥に、その道の友達を招き集めて秘曲づくしということをした。その時、長明はまだ師伝のない啄木の曲を広座の面前(一般民衆の席)で奏でたのは怪しからぬという事をその時の楽所預から上皇(後鳥羽院)に訴え出た。芸術の伝統を重く見るわが国では、古来師伝を承けていない事を勝手にすることは不謹慎な咎むべき事であるし、まして啄木の曲を広座で奏でられた事はこの道はじまって以来未曽有の事である。これは朝廷に伝わった曲で一度これを奏する者には重賞を賜わる程の秘曲であるという申し分だったので、院は長明を召してこの事を御取調になると、長明は人々が集ってみな技を揮(ふる)った時、自分も琵琶を奏でた事はあった。しかし啄木にまだ師伝を承けていないから奏でなかった。自分の伝えられている楊真操を啄木にまがえて奏でた事はある。これとてもよろしくないとは存じているが、興にまかせてしてしまった事であったからお見逃し賜わりたいと申わけを言上したと伝えられている。楊真操は啄木とはもともとまぎらわしい似通ったところでもあったのかどうかは知らないが、この言い分には少々苦しいところもあるけれども感興にまかせてやってしまったというのは正直な言い分であろう。

もともと長明の為人(ひととなり)を御寵愛あらせられたうえに、御自身芸術家として高い御素質をお持ち遊ばされた後鳥羽院は長明の申し分を御了解あって、外の罪とは違うから寛大な処置をと思召され、廷臣たちにも同情者が多かったが、何分にも楽所預が、それでは将来道が乱れるという強硬な意見であったので、表面はしばらく都から追放の形で、実は同行の友もあって西行がついこの間秋の初めまでここにいてここから北の方へ旅に出たという庵の跡では先輩をしのびながら連歌をしたり、歌の競詠をするなどの楽しみをも味いながら伊勢に下ったのであった。長明はこの時の紀行を「伊勢記」に書きのこした。長明の伊勢旅行は三十二、三の頃である。しかし秘曲づくしの事が原因ではない。秘曲づくしの事はもっと後年、長明が賀茂の禰宜を望んで希望を達しなかった事件と偶々前後して起った事のように考証している人もある。この考証は秘曲づくしの会合に出ている人々の名や年齢から推して成り立っている。そうして伊勢行の原因とする説との間にはおおよそ十年のひらきがある。人間の一生に於て十年は大切な相違であるのに、自分は考証の事はよく判らないからどちらを正確とも知らない。もともとただ伝説なのかも知れない。自分のは単に想像であるが、興に任せて伝統を無視したと云い、またその言い分が通用するためには五十近い人でも差支はないが、それよりも三十すぎの方が適当なのではあるまいか。

自分の想像はまだつづく。この頃、長明の父長継の歿後、祖母の家を嗣ぎ賀茂河合社の禰宜であったろうと思われる祐兼、これを前に伯父のように書いたかも知れないが、それは思い違いで、次に示す系図によると伯父祐直の子だから長明の従兄で九つの年長者であった。

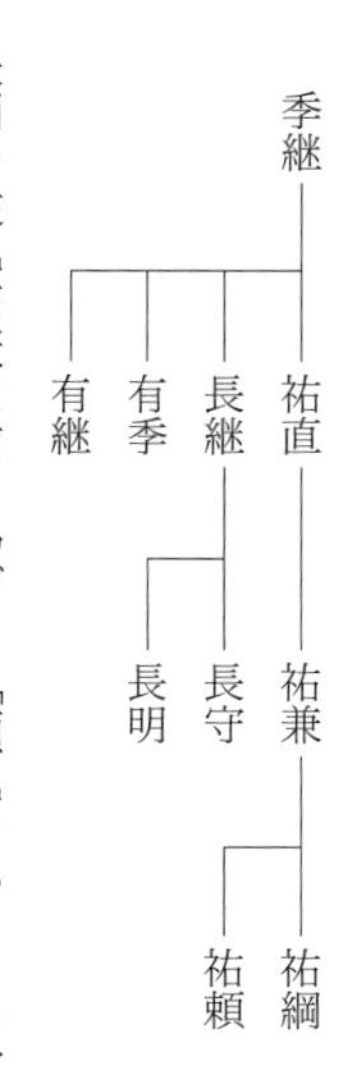

長明の従兄祐兼は前に掲げた「瀬見の小川」の歌の事でも判るように、長明には反感を持っていた人だから、長明が父の歿後も父の縁故で賀茂の奥を場所として貴紳を呼び集めて秘曲づくしを催した事に不快と不安と或は妬みをも感じたろうかと思う。そうして秘曲づくしに長明が啄木を奏でたと云いはじめたのも、もしや祐兼がもとではなかったろうか。こういう想像をするにも長継の歿後なるべく日が浅く長明もまだ若い方が都合がいい。長明は場所に賀茂の奥を択ぶ時にも祐兼の許可を得て置く程の細心な用意を忘れていたかも知れない。こんな事が後に長明を賀茂の禰宜にするのに

ろう。
案外邪魔になっているかも知れない。この意味では秘曲づくしと禰宜事件とは時をへだてているといないとにかかわらず密接の関係があり、長明の出家の原因の一つであろう。

こんな気の毒な事件にもめげないで長明は和歌の修業には精進していたから、その道では段々と才能を認められはじめて来ていた。彼が一年間ほどの伊勢旅行の後、熊野を経て都に帰ったころには、その年に出来た勅撰の「千載和歌集」には彼の歌も一首採られていた。この時の彼の言い分が彼の人がらをよくあらわしている――

「格別の家柄でもなく名人上手でもなく、また当代の風流人と人から認められた者でもない。それが一首でも勅撰に入ったというのはこの上なき名誉です」

と喜んでいたので、長明の琵琶の師匠で彼に音楽や文学の道で身を立てることを勧めた人も大そう感心して、

「口さきだけで云うことかと聞いていたが、度々いうのを聞くと心からそう感じているのですね。それならばきっとその道に恵まれた未来を約束された人なのです。というのは、あなたの云うところはなるほど理窟ですが、それは心からそう感じたというのはなかなか出来ない事ですよ。あの集を見ると大したこともない人々でさえ、み

な十首も七、八首、四、五首など入っているのが大ぜいいましょう。そんなのをごらんになったら、きっといやな気持がなさるに違いないと思って居りましたのに、思いの外に、そうお喜びになっているのは大したものです」

と、長明の素直な心がけをほめたという事である。長明はそれほど一途に純粋に歌道に執心し精進していた。この努力がみごとに実って、歌人として後鳥羽院の北面に召されるようになったのは長明の四十五、六の頃だから歌に精進しはじめてから約二十年の後である。北面に召されて後つづいて和歌所の寄人を仰せつかった。家柄も身分も高くない長明にとっては光栄この上もない事であったから、長明は感激して愈々忠勤を励み昼夜奉公を怠らなかった。しかし内気で神経質な社交性に欠けた性格の長明は、宮廷歌人という柄ではなかったらしい。殊に地下者(昇殿の資格なき人)で身分が低いから、五位でも四位並みという待遇で末座にいたが、それでも戦々兢々として心が落ちつかなかったらしい。「方丈記」には「鷹の巣に近づいた雀」のようであったと形容している。

一芸に秀でた者をその一芸のために生かし給う後鳥羽院の大御心の尊さは、長明ならずとも感激に堪えないが、院は更に長明の忠勤を嘉し給うたうえ、長明の不幸な生涯をまで有難くお察し遊ばされて、適当な機会に長明を下賀茂の河合社禰宜に補そうと思召されている折から、禰宜に欠員が出来たので、この時こそと思召された。まだ発令にはならなかったが、院の思召を内々に漏れ承って、長明はよろこびの涙をせきとどめがたい様子であった。長明は父の歿後、久しく希望したように今に父の後をつぐことが出来るからである。しかし院の思召も長明の喜ばしい予想をも一切を水の泡としたのは例の従兄鴨祐兼であった。忠実に社務に尽して年を経、この時は惣官ともなり、家も富裕になっていたらしいのに、従弟の長明に対する競争意識はやっぱり捨てきれなかったのであろうか。院の折角の思召に対して、

「長明は年たけたりといへども身をやうなきものと思へるにや、社の奉公日あさし」(長明は年長ではございますが、はげみのないのらくらもので神社に仕えてまだ日も浅い)という非難を「定めし御神知ろしめし給ふらん」と「神慮」に事よせて言上し、欠員は祐兼自身の二男祐頼を推挙して来たので、院は「神社の事は神慮を先にすべきもの」と祐兼の云うにまかせられた。折角長明を補してみても惣官との折合が悪くてはうまくゆく筈がないのを叡慮あらせられたと拝察する。しかし長明がいつまでもただ歌人として召されているだけでは、父のあと目をつぎたいと思いつめている長明の志として

は定めし不本意であろうとお憫みあって、別に氏社を新らしく官社にして長明をその禰宜に補してやろうという有難い思召を知るや知らずや、長明は河合社の禰宜になれないとわかるとそのまま引き籠ったきり行方も知れずになってしまったが、程経て、十五首の歌に志を山林に寄せて隠遁したいという意味をこめて院に参らせた。

思うに長明は禰宜の地位に執着したのではなくて父の後を継ぎたかったのであろう。そうして前には祖母から父の受けた家屋敷を長明から奪い、今は父の地位をつぎたいという自分をどこまでも押しのけて彼の二男でわが身の子供程の者にその地位を与えた従兄に対する憤と怨とに心は燃えたが、従兄のこの仕打に対抗している自分の小さな慾望を省みてはこんな醜い心境から脱れ出すには徒(いたず)らに人を怨み身の不運を歎くよりは、この浅はかな人間の慾望を捨て浮世をのがれて隠遁者となって山のなかに住むのが身分相応だと考えたのであろう。これは彼の学んだ中国文学と仏教思想との影響でもあろうが、彼の性格にも根ざして早くから、そうして事毎に育っていたのが、禰宜事件を機会にいよいよ実現する決心がついて、こう思い定めるとその境地へ郷愁に似たようなものを感じたに違いない。塵の世にあくせくと生きて彼ももう五十になっていた。不幸に飽き恵まれぬ人生にくたびれる筈である。暫く行方も知れないと思ったのは大原あたりの知るべの寺に籠っていたのであった。そこで五年ほど寄食し修行した。この時出家して法名を蓮胤(れんいん)と名告った。

長明が祖母から受けた屋敷というのは女郎花の美しい家であったというが、相当な邸宅であったらしい。それを人手に渡して後、前の邸宅の十分の一ばかりで邸宅という資格のない住居を川ぷちに設けていたのを捨てて大原山にいたが、今度また自分の棲家を構える段になって、生活を出来るだけ簡素なものにしたいという理想にもとづき、創意によって世の中で一番手軽るな住居をでかした。このおもちゃのような家は高さ七尺ほど広さは一丈四方という家というよりはまず四畳半の一室で、棟や柱や屋根などみなとりはずし自在であるから、これを畳み込んで積み上げると荷車二台の荷物として運べるといういわば組立式移動小住宅とも名づくべきものであった。それ故、気の向いた時、どこへでも持って行って建てることが出来るものである。長明は五十四の時、この小家を日野の外山(とやま)というところに組み立てた。日野は京都から奈良に出る道すじで京都からほんの少し出たところ、京都市外であるが、当時京都の上流の人々が篤く信仰した日野薬師のある法界寺に近い丘が外山である。一ぱんに外山というのは奥山に対して入口の山という意味だから人里をそうはなれたところではない。

日野も東には炭山・高峯山など三百メートル程の山波が重り、南は平尾山、西は御倉山など百メートルほどの丘につつまれた山懐にあるのが日野で、小ぢんまりとしずかに落ちついた風景の土地である。外山の長明が住んだところは西に眺望の開けた谷間で、宇治川や淀川の一部分に往き来の船の帆なども見えた。この風景と京都に近くて便利なというのが長明のこの地を択んで住んだ理由であろう。小さな部屋の片隅に仏像を掲げて念仏し、お経を上げる法師らしい業や琵琶や琴を奏で、又文章を草して心を楽しませた。貧乏にめげないで田圃に出て落穂を拾ったり、山の木の実や野の草などを食べて何もかも自足自給の境涯のよき友達は近所の山小屋の子供であった。春や秋のお天気の日は山のなかをあちらこちら散歩して仏に捧げる花を採ったり、木の実を拾って来たり、こんな生活が七、八年つづいた。その間に長明は「無名抄」という歌の作法や意見など、歌学と当時の歌人たちの逸話や歌人としての身の上話などを書き集めて面白い随筆集を書いた後、文字で書いた自画像ともいうべき「方丈記」と色々な人々の発心と隠遁の動機とを語った仏教説話や隠遁者の雑話を集めた「発心集」とが長明の作品である。この三種の外に歌集がある。宮中の年中行事に就いて記した「四季物語」や歌学書「瑩玉集」などを長明の作とするのは疑わしく、「東関紀行」は明かに別人の筆である。

長明の晩年は日野外山の方丈生活に安住境を見出して修業と執筆三昧とに没頭し、後鳥羽院が再び和歌所へお召しかえし遊ばそうと仰せ出されても、

沈みにき今さら和歌の浦なみによせばやよらむあまの捨舟

と拝謝の意を洩して終に山から出なかった。ただ一度、彼が「無名抄」を書いて後五十七で鎌倉へ下向した事があった。年少の友人で和歌所の同僚の参議飛鳥井雅経(まさつね)に誘われたのである。長明は鎌倉で実朝に会い、頼朝の忌日には、

草も木も靡(なび)きし秋の霜きえて空しき苔を払ふ山風

と故英雄を弔う一首を、法事のあった法華堂の柱に記したという。この鎌倉行は雅経が長明を実朝の歌の相手に推挙しようとしたが、歌の風も話も合わなかったのであろうと想像する人もあるが、長明の人がらから見て、後鳥羽院のお召にも応じなかった彼が、今さらわざわざ鎌倉くんだりに歌で仕えようとも思われないし、それを知らぬ雅経でもなかろうから長明の鎌倉行はただその旅行好きと、若い頃福原に出かけた

ように、今は老後の思い出に新興の都市鎌倉や将軍を一見して置こうという程の軽い意味ではなかったろうか。ともあれ、鎌倉には二月あまりは居たらしい。鎌倉から山に帰るとすぐ「方丈記」を執筆して、これは永く心のなかにあったものが一気呵成に成ったのであろう。文章の勢いにそれが出ている。老衰を自覚しはじめて生涯の思い出を語ろうとする意嚮(いこう)であったろうか。

「方丈記」につづいて「発心集」を書き、それを書きあげてから程なく彼はその不幸によく堪えた一生涯を終った。長明の享年を六十二とも三とも四とも八とも伝えて諸説は確定しがたい。

長明の歿後、彼の方丈の跡という岩の床を「方丈岩」と名づけて今に日野の外山に残っている。

「鴨長明が石の床には、後鳥羽院二度御幸ありしとなり」

と古書に見えているが、この事も方丈岩の跡もみな伝説かも知れない。自分も一度方丈岩の後を弔うた事があったが、日野の法界寺から近いところを少々びっこを引かなければならない自分の不自由な足に、日和下駄で秋雨のそぼふるなかを傘を持って登れるほどの岡の上であった。

御英邁に歌道中興の御祖と我々が仰ぎまつる後鳥羽院が長明を愛護遊ばされたという事実は、千百の長明文献によって長明の為人を研究するにもまさるものである。長明は決して悪くひねくれた変人というのではあるまい。彼は早く慈母に別れて祖母の手に愛育せられたのではあるまいか。どうもおばあさん子らしいところがある。大人物ではなかったにしても不幸にめげず、運命と抗わぬ素直な、自分の生れつきに従って正直に潔癖に人生の真実を求め至誠を貫こうとする気質で、不断の努力を最後まで怠らぬ生活者であった。

彼は自分の不遇に臨んで、自己の人格の不調和が不運の原因であると内省する誠実の人であった。そうして彼は浄く正しき心を持っていると信じたから、自分に欠けている明き心を探求してあえぎもがいたのであろう。

彼はわが国の隠遁者(これは中国や印度のものとはまた自ずと違った生活様式を持っている)の始祖として仰がれ、後世に大小さまざまの追従者を持った。その雄なるものは「つれづれ草」の著者兼好法師であろうが、自分はもう隠遁者を語るに飽きた。面白い話題だけれども年少の読者にあまり適当なものと思わないからである。それ故次にはもっと積極的な信念と行動とに生きた人を語ろう。

解説　佐藤春夫と『方丈記』、鴨長明

久保田　淳

鴨長明は『方丈記』のはじめの方で述べる五つの天災・人災のうち、元暦二年（一一八五）七月九日近畿地方を襲った激震の有様を、

山は崩れて河を埋み、海は傾きて陸地をひたせり。土さけて水わきいで、巌われて谷にまろびいる。

と、迫真の筆致で写し取っている。二〇一一年三月一一日の東日本大震災のもたらした災害のすさまじさをテレビの画面で目のあたりにして、『方丈記』のこの描写を思い合わせた人々も少なくなかったであろう。

長明は同じようになまなましいまでに克明な筆遣いでそれ以外の「世の不思議」を

も描き出した後、おもむろにこの「ありにく」い「世の中」に生きねばならない自身の、その身の処し方を語り出し、「方丈」の庵に起き臥しすることの安らかさ、それを囲む自然の美しさを礼讃したはてに、今なお「閑寂に着する」自身に気づいて自問するが、答えは得られない。ただ「不請阿弥陀仏両三遍申して」やむだけであったとして、建暦二年(一二一二)三月末日、「四百字詰原稿用紙二十枚程度」(『日本古典文学大辞典』「方丈記」の項、佐竹昭広)のこの「「記」の文学」を擱筆した。

東日本一帯が大きな災害を蒙った翌年、二〇一二年は、従って『方丈記』が書かれてから八〇〇年が経過したことになる。日本古典文学の研究の分野ではこの時点を記念して、たとえば雑誌『文学 隔月刊』(岩波書店)は二〇一二年三・四月号を「方丈記八〇〇年」特集号として編集し、『方丈記』を中心に、鴨長明に関する十余人の研究者の論稿を収めている。その中に松居竜五氏の「南方熊楠と『方丈記』――ディキンズとの共訳をめぐって――」という論文があって、「二十三歳の文科大学英文科在学中」の夏目漱石が最初に『方丈記』を英訳したことにも論及している。この論文などに触発されて、『方丈記』や長明に深い関心を寄せた近代の作家や詩人は誰だったただろうかと思いめぐらすと、まず念頭に浮かぶのは南方熊楠と同じく紀伊国に生まれた佐藤春夫である。

中村真一郎は新潮日本文学12『佐藤春夫集』(一九七三年六月刊、新潮社)の「解説」に書いている。

彼は永遠の前衛芸術家であった。そして、その仕事が単なる試みに終って、時代の推移と共に亡び去るという、多くの前衛芸術家と運命を共にしないで済んだのは、彼が同時に深く伝統に根を下した古典主義者であったからである。

また、次のようにも言う。

文学者佐藤春夫の教養の基礎となったものは、日本の伝統と、中国文化と、西欧の近代思想とである。

『方丈記』の現代語訳を中心に、作者長明の晩年を思い描いた創作、長明と似た境涯にありながらしかもかなり異なった個性の持ち主であった西行や兼好を対比させつつ、長明を論じた作家論二編を併せ収めたこの一冊は、中村のいう古典主義者佐藤春夫の日本の伝統に関する教養の豊かさを窺わせるに十分であろう。

ここに収められた四編を年代順に並べると、

「鴨長明」　一九三五年(昭和一〇)七月
「兼好と長明と」　一九三七年(昭和一二)四月
「現代語訳　方丈記」　一九三七年四月〜九月(八月は連載なし)
「鴨長明と西行法師」　一九四六年(昭和二一)一〇月

となる。作者四十三歳から五十四歳までの作品である。

彼の日本の伝統に対する関心が作物として形をとって現れるのは一九三三年頃からであろうか。この年には『現代語西鶴全集』の一環として、『西鶴置土産』や『新可笑記』を訳し、翌三四年には二度にわたって上田秋成を論じている。そして一九三五年には六月から九月まで「東京日日新聞」夕刊に「法然上人別伝」の副題を有する『掬水譚』を連載するかたわら、小説『鴨長明』を発表したのであった。日本文学の伝統を近世から中世へと遡ってきた観がある。

この小説は『方丈記』を深く読み込み、長明がそれを執筆した前後の生活、その頃の心境を想像して描いた、いわば「『方丈記』由来記」といってもよい作品で、これを発表した二年後に『方丈記』の現代語訳を完成させるに至ったことは、じつに自然な成り行きであった。

『吾妻鏡』『伊勢記』逸文、『源家長日記』『十訓抄』、藤原定家の日記『明月記』などを使っているが、鎌倉への旅の目的を、後鳥羽院の命により将軍源実朝の心を探ることとしたのは、もとより作者の創意である。また長明が世を去ったのを「建保元年十月十三日」、その年齢について「まだ六十には達していなかっただろう」とするが(八六頁)、現在の研究では彼は建保四年(一二一六)閏六月八日没、生年が確定していないので享年は不明だが、六十二から六十四歳くらいだったかと考えられている。また建暦三年(一二一三)が「建保」と改元されたのは十二月六日である。佐藤春夫のこの記述が何にもとづくのかは不明だが、これはあくまでも小説であるから、何らかの考えがあってのことかもしれない。なお、「あとがき」に見える「佐佐木博士」は、佐佐木信綱であろう。

次に「現代語訳　方丈記」についてであるが、まず佐藤春夫による『方丈記』の現

代語訳は三種存することを確かめておかねばならない。すなわち、

第一、初出では「通俗方丈記」の表題で、法然上人鑽仰会発行の雑誌『浄土』一九三七年四月から九月まで、「佐藤春夫述」として五回にわたって連載されたもの。

第二、『現代語訳国文学全集』第十九巻『徒然草・方丈記』として、非凡閣から一九三七年四月五日に刊行されたもの。

第三、一九四一年八月二五日、新潮社刊の『新日本少年少女文庫』第十二篇『日本文学選』のうちの「十八、日野山の庵――(方丈記)――」と題した、『方丈記』の後半部分の訳。

の三種である。そしてここに「現代語訳　方丈記」として収めたものは、第一の「通俗方丈記」である。

この現代語訳の文体は他の二種のそれとはたいそう趣を異にする。他の二種が原文に即して逐語訳に近い形の訳文であるのに対して、きわめて自由で、時にはかなり言葉を補って叙述しているのである。他の二種でもわかりにくそうな個所では(　)をつけて最小限の言葉を補ったりはしているが、ここではそういう操作をせずに、それこそ語るような口調で綴られている。中村真一郎は『掬水譚』について「作者は専ら描

写を志す、近代西欧のレアリスムの方法を避けて、わが中世伝来の説話的文体を採用する」（前掲『佐藤春夫集』解説）と言ったが、この現代語訳の文体についても同様なことが言えそうである。簡潔で調子の張った和漢混淆文の原文に親しんできた人には、全く別の作品に接する思いがするかもしれない。

けれども、長明の文体も決して一様とはいえない。『発心集』も『無名抄』も、それぞれ『方丈記』とは文体を異にしている。この現代語訳は『発心集』の文体などに近いところを意図したのであろうか。自身が思い描いている長明が語ったとしたらきっとこんな口ぶりであろうという思いで選ばれた文体なのであろう。

「兼好と長明と」は雑誌『改造』に発表されると同時に、前に記した『現代語訳国文学全集』の『徒然草・方丈記』の「解説」ともされた。

最初に「少年の頃に読み噛ったこの二書（『徒然草』と『方丈記』）を頃日改めて精読する機会を得てはじめてその真価を知った」と告白し、「両著の新らしさに先ず驚嘆した」と言う。そして兼好を「春風駘蕩の現実家」「自由主義を奉ずる心理派」、長明を「秋霜の気を帯びた理想家」「人本主義の行動派」と捉え、それぞれの作品にそのように捉えた根拠を探っている。兼好を「わけ知りの通人肌」、長明を「思い返しのない野暮」とも言う。これも当たっているといえそうである。

『徒然草』について、「小説と随筆との区別もそう確然たる区域があるとも思われない」と言い、「『田園の憂鬱』の作者が老来『つれづれ草』を長篇小説の一体と見たという一事を記して置きたい」と言うのも、おもしろい読み方ではある。長明については、「兼好が安住の境も、果然、気の毒な長明を遂に安住せしめるには足りなかった」と見る。これは『方丈記』末尾の「不請阿弥陀仏」を第二の現代語訳で「仏も請け給ふとは思へぬ念仏」と訳していることと照応している(ちなみに、第三の現代語訳では「どんな人間をもおすくひ下さるといふ南無阿弥陀仏」と訳している)。

「鴨長明と西行法師」は『日本文芸の道』(新潮社刊)のうちの同題の一章を抜いたものである。表題とは逆に、西行の伝から述べている。引用する「川田氏の文」とは川田順の『西行』(一九三九年一一月刊、創元社)を、「藤岡作太郎博士の西行論」は同著『異本山家集　附録西行論』(一九〇六年一〇月刊、本郷書院)をさす。崇徳院と西行との間柄を惟喬親王と在原業平とのそれに似ているとして、さらに業平・西行・芭蕉に通じるものを感得していることは、注目してよいであろう。

長明については、「決して西行のようにえらい人ではなかったろうが、もっと可憐にいじらしい理想家であった」と見るところに、佐藤春夫が長明に多大な関心を寄せる理由があるのであろう。なお、父長継の死を治承四年(一一八〇)の福原遷都の頃のこととしているが(一四四頁)、現在は承安二年(一一七二)か同三年頃と考えられている。いわゆる秘曲尽くし事件や『無名抄』の執筆時期、鎌倉下向の目的など、長明伝での問題点をも取り上げ、自身の考えを述べているが、これらはいずれも今なお研究者の間で種々の論が出され、決定的といえるものはないことを申し添えておく。

以上見たように、ここに収めた佐藤春夫の四編の作品は、鴨長明と『方丈記』、さらに西行と『山家集』、兼好と『徒然草』などの中世草庵文学に関心を抱く古典文学愛好家にとって、まことに親しみ深く楽しい読み物であると共に、それらの研究者にとっても示唆するところ少なしとしない存在であるが、それだけではない。佐藤春夫その人とその文学をどう見るかに際しても、問題を蔵していると考えるのである。

雑誌『浄土』連載の「通俗方丈記」と『現代語訳国文学全集』の『徒然草・方丈記』を公にした一九三七年、彼は「日本浪曼派」の同人となり、また林房雄等と「新日本文化の会」を設立した。「鴨長明と西行法師」を収める『日本文芸の道』は太平洋戦争に敗れた翌年の一九四六年の刊行だが、その執筆はおそらく戦時中に行われたのであろう。「序」の日付は「昭和十九年十一月中ごろ」である。

これらの事柄について、中村真一郎は「それは佐藤春夫の美的感受性と知的文明批評の能力との融和、また伝統への愛と幻想的なるものへの愛との出会い、といった傾向に、おのずから合致した」としながら、文壇の動きが政治化し、ファシズム的反動の表現を代表するものと変化するにつれて、「最も自由奔放な想像力の芸術家であった彼は、「愛国者」という固い鎧を精神にまとわされた」(前掲『佐藤春夫集』解説)という。それでは中村はこの時期におけるこれらの作物の存在意義をどのように考えたのであろうか。私は、昭和十年代後半頃の佐藤春夫は楽天的すぎたとは思うものの、彼自身には固い鎧をまとわされたという自覚は希薄だったのではないかと考えるのだが……。近代文学研究者のお考えをうかがいたいところである。

(国文学)

作品一覧

各作品の底本は、以下の通りである。

「現代語訳　方丈記」
『浄土』(一九三七年四、五、六、七、九月号)に「通俗方丈記」の表題で連載された。同誌本文を底本とした。今回、「現代語訳　方丈記」に改題して収録した。

「鴨長明」
『中央公論』(一九三五年七月号)に掲載された。同誌本文を底本とした。

「兼好と長明と」
『改造』(一九三七年四月号)に掲載された。『現代語訳国文学全集』第十九巻『徒然草・方丈記』(一九三七年四月、非凡閣)の「解説」としても収録された。非凡閣本を底本とした。

「鴨長明と西行法師」
『日本文芸の道』(一九四六年一〇月、新潮社)の「鴨長明と西行法師」の章を抜粋して、底本とした。

＊明らかな誤記・誤植は、これを訂した。

(岩波現代文庫編集部)

本書は、岩波現代文庫のために編集されたものである。収録した四作品の出典については、「作品一覧」を参照されたい。

現代語訳 方丈記

2015年 3月17日 第1刷発行
2023年10月16日 第6刷発行

著　者　佐藤春夫（さとうはるお）

発行者　坂本政謙

発行所　株式会社 岩波書店
〒101-8002 東京都千代田区一ツ橋 2-5-5

案内 03-5210-4000　営業部 03-5210-4111
https://www.iwanami.co.jp/

印刷・精興社　製本・中永製本

ISBN 978-4-00-602259-4　Printed in Japan

岩波現代文庫創刊二〇年に際して

二一世紀が始まってからすでに二〇年が経とうとしています。この間のグローバル化の急激な進行は世界のあり方を大きく変えました。世界規模で経済や情報の結びつきが強まるとともに、国境を越えた人の移動は日常の光景となり、今やどこに住んでいても、私たちの暮らしは世界中の様々な出来事と無関係ではいられません。しかし、グローバル化の中で否応なくもたらされる「他者」との出会いや交流は、新たな文化や価値観だけではなく、摩擦や衝突、そしてしばしば憎悪までをも生み出しています。グローバル化にともなう副作用は、その恩恵を遥かにこえていると言わざるを得ません。

今私たちに求められているのは、国内、国外にかかわらず、異なる歴史や経験、文化を持つ「他者」と向き合い、よりよい関係を結び直してゆくための想像力、構想力ではないでしょうか。

新世紀の到来を目前にした二〇〇〇年一月に創刊された岩波現代文庫は、この二〇年を通して、哲学や歴史、経済、自然科学から、小説やエッセイ、ルポルタージュにいたるまで幅広いジャンルの書目を刊行してきました。一〇〇〇点を超える書目には、人類が直面してきた様々な課題と、試行錯誤の営みが刻まれています。読書を通した過去の「他者」との出会いから得られる知識や経験は、私たちがよりよい社会を作り上げてゆくために大きな示唆を与えてくれるはずです。

一冊の本が世界を変える大きな力を持つことを信じ、岩波現代文庫はこれからもさらなるラインナップの充実をめざしてゆきます。

（二〇二〇年一月）